ヒール 悪役

Ryushi Nakagami
中上竜志

日本経済新聞出版

目次

装幀　間村俊一
装画　北林研二

ヒール　悪役

悪役

1

雨脚が強くなっていた。

荒井は、首筋の汗をタオルで拭った。平日の夜の雨。客足への影響は否めないだろう。試合開始時刻まで三十分を切っているが、見渡したところ、会場前の駐車場が混雑している様子はなかった。

九州の小倉で、客席は八百弱。頻繁に興行を打つ街ではないが、千人を切る箱を使うのははじめてだった。

「毎度」

控室に戻ろうとして、声をかけられた。顔馴染みの興行主《プロモーター》が隣に立った。

「痛い雨ですね」

「散々だな、こりゃ」

プロモーターの恨み節から、チケットがさばけなかったのだと荒井は思った。この雨では当日券も期待できないだろう。千人に満たない会場が埋まらない。それが新生ジャパンの現状だった。

「新田は今日も出ないんだな。要請はしたんだが」

代表に就任して以来、新田は限定的にしか試合に出場していない。現場は新たに現場監督に就任した森に任せ、来場して観客に挨拶をすることもない。

「あんたはいくつになった」

「五十三ですよ」

幾ばくかの自嘲を込めて答えた。

「年上のあんたが躰を張ってるというのに、新田は巡業に出ないのか。解せない話だ」

新田は今年五十になる。トップで身を削ってきた新田と、中堅を定位置に現役を続けてきた自分を比べることに意味はなかった。レスラーとしての格はあまりに違う。

プロモーターは雨が落ちてくる空を見上げていた。年に数回会うだけの長い付き合いだが、いつからか杖を使うようになり、背中が曲がり、躰も小さくなった。若い頃から興行の世界に身を置き、酸いも甘いも知ると言うが、古希を過ぎたと聞いたのがいつのことだったか荒井は思い出せなかった。

「五月のスターズの福岡大会は、放っといてもチケットが売れた。完売だ」

ジャパンにもそんな時代があった。北九州を地盤にしているこのプロモーターも、当時は潤っただろう。

「スターズの興行は手掛けないんですか」

口にして愚問だと気づいた。地方巡業をはじめてからも、売り興行はしないとスターズは明言している。旧来の興行の在り方も改革の対象なのだ。

「そろそろ潮時かと考えることもあるが、まあ、ジャパンに頑張ってもらうしかないな」

プロモーターの声には覇気がなかった。

「せめて立花が復帰してくれたらな」

最後の愚痴は、聞き流した。

控室に戻った。試合を控え、選手たちは躰の仕上げに余念がない。いつもの光景だが、空気は以前とは違う。

パイプ椅子に座り、手首にテーピングを巻く。

新生ジャパン。聞こえはいいが、会社は縮小し、恵比寿にあった事務所も畳んだ。所属選手だけでなく、制服組の社員も巡業のスタッフも大幅に減った。頼みの綱だったテレビ局との契約も切られた。

国内最大のメジャー団体を誇ったプロレスリング・ジャパンはもはやない。

昨年、巨大資本を持つスタービールが突如としてプロレス参入を表明した。

スタービールは、無数にある国内の団体を解散させ、選りすぐった一流だけを集めるという離れ業をやってのけた。

賛否のあったスタービールの業界参入だが、ジャパンの解散を機に潮目は変わった。業界最大手が白旗を上げたのだ。

それを皮切りに、続々と他団体が解散を表明した。なかでも、甲斐の日本プロレスの追随は影響が大きかった。実力、人気とも国内のプロレス界の頂点に立つ男である。自らの団体を興す前は、ジャパンの絶対的なエースでもあった。

甲斐に呼応するように、ジャパンの流れを汲む団体やフリー選手も、我先にとばかりにスターズへの参戦を表明した。そのなかには、かつてジャパンと熾烈な興行戦争を繰り広げてきたＡＷＦ系の団体も含まれていた。

最後は、ＡＷＦの直系に位置するＧＷＡの不破が重い腰を上げた。ＡＷＦの最強と謳われたエースで、甲斐のライバルとして常に比較されてきた天才だった。

甲斐と不破が同じリングに立つ。新時代の到来を象徴するのに、これほどのインパクトはなかった。

業界はスターズの名のもとに再編された。そうしたなか、ジャパンのオーナーが解散を撤回し、新田が新たに代表に就任した。新田は全株式を譲渡され、ジャパンの所有権も得たとのことだったが、注目するマスコミは少なかった。

年が明け、スターズの旗揚げ戦となる第一回大会が、四月に東京ドームで開催されることが発表された一月下旬、新田がジャパンの再始動をぶち上げた。

驚いたことに、三島が新生ジャパンと選手契約を交わした。甲斐の退団後、王者としてジャパンを牽引したトップレスラーである。さらには同期の森が現場監督に就任した。

新田の直弟子である、倉石、佐久間、篠原、塚田、溝口の五人もジャパンに残留した。他に阿部、緒方、玉木の若手が三人。

蓋を開けてみれば、ジャパンのトップ陣はそのまま新田のもとに残ったことになる。

荒井は、ジャパンの解散後も瀬田の道場で練習を続けていた。

三十五年続けてきた日課である。道場が使えたから通っていただけで、身の振り方など考えていなかった。新天地に行き、もう一花咲かせるような齢ではない。スターズからオファーがあるなど露ほども思わなかった。

旧ジャパンとの契約はすでに切れていた。練習を続けたところで、上がるリングがなければ廃業するしかない。そんな心構えだったが、道場に通っていることが意思表示と見られたのか、新生ジャパンのメンバーに荒井の名も明記されていた。

契約を交わしたのは、初巡業の開幕直前だった。前年から三割下がった年俸を提示されたが、それ以上の減俸を予想していたので判を捺した。

新田を加えても、所属選手はわずか十一人。うち倉石は長期欠場中だった。新生ジャパンの寿命は持って一年。身の振り方を考えるまでに一年の猶予ができたという程度の感想しかなかった。

第二試合が終わった。

ストレッチをして躰をほぐす。出番は休憩前の第四試合。

モニターの前には、現場監督の森がいた。その姿は新田を彷彿とさせるが、控室の空気は新田時代より明らかに緩んでいる。

篠原がインディーのレスラーと談笑していた。ジャパンのリングにインディーの選手が上がる。昨年までなら考えられなかった。

メンバーは人選していると森は言うが、雑魚《ざこ》は雑魚だった。事情はわかる。新田は試合に出ず、試合に出られる所属選手は九人しかいない。

外国人に頼ろうにも、旧ジャパン時代に業務提携していたアメリカのメジャー団体との契約は切れていた。メインレフェリーの山口のルートで、フリーの外国人選手を招聘しているが、知名度のある選手は皆無だった。

三月の再始動から三ヵ月。四度目の巡業《シリーズ》になるが、いまのところ、外国人を含めてレギュラー参戦する選手はいない。それだけジャパンのレスラーとの実力差は明白だった。また耳障りな笑い声が聞こえた。

黙れ。怒鳴り上げそうになるのを堪えた。新田体制の頃でも、馬鹿をやるやつはいた。しかし、試合中の控室は常に緊張感に満ちていた。

森はモニターの前から動かない。新田のような貫禄はなかった。

「行くぞ」

タッグを組む緒方に声をかけ、控室を出た。

緒方は同期の阿部と同じく四年目で、玉木は一期下になる。三人ともアマチュアレスリングの下地があるが、小僧同然だった。

対戦相手は、インディーのタッグチーム。再始動以降、すべての試合でインディーとの対戦が組まれていた。力の劣る相手に合わせ、道化を演じる。

これが新田体制下なら、戦力外通告と受け取っただろう。いまは状況が違う。二十代と三十代の選手しかいないなかで、インディーの相手を任せられるのは、五十を過ぎた自分しかいない。それはわかっているが、割り切れないものがある。

入場口の前で待つ。壁を通して館内の空気が伝わってくるが、盛り上がりに欠けていた。危機的な状況にも拘《かかわ》らず、代表の新田は試合に出ず、三島も先頭に立とうとしない。

立花。あの男はどこでなにをしているのか。

何年も実力を隠し、中堅に甘んじていた男が、昨年不意に覚醒した。単身でジャパンに喧嘩を売り、真剣勝負《シュートマッチ》で対戦相手をことごとく打ち破り、最後は世界ヘビー級王者の三島にまで行きつき、勝利した。

旧ジャパンは解散宣言をしたが、実際には立花ひとりに潰されたのだ。

「荒井さん」

緒方に声をかけられて、テーマ曲が鳴っていることに気づいた。出番だった。

「馬鹿野郎が」

呟き、両頬を張って気合を入れた。

ライトが照らす入場口に飛び出す。目立つ空席を見て、荒井は腹の底から雄叫びを上げた。

2

移動が長くなった。

小倉から広島。その次は京都。

選手バスは旧ジャパンから使用しているもので、座席数を減らし、大型シートを取りつけた特注車だが、五十を超えた躰に長距離移動は堪《こた》える。

京都の次は名古屋。以前なら新幹線か飛行機を使っていた距離も、バスでの移動が義務づけられた。乗らないのは自由だが、選手バス以外の移動は自腹になる。

車内には空席が目立っていた。

かつて新田の指定席だった運転席の後ろには、新たに現場監督に就任した森が座っている。最後尾には三島。通路を挟んだ荒井の隣には、四年目の阿部。

昨年までは、神谷の席だった。阿部の同期である。鳴り物入りで入団した大物ルーキーで、会社の期待は大きく、待遇も特別扱いだった。実際、三年目の昨年、神谷はチャンスをものにし、一気にエース街道に乗ったが、途中で躓《つまず》いた。会社が性急すぎたのだ。ジャパンの解散発表後、神谷はあっさりジャパンを見限った。てっきりスターズに行くものだと思ったが、噂では渡米したという。アメリカのリングに上がったという話は聞かない。おそらくはプロレスに見切りをつけたのだろう。

おまえも辞めた方がいい。鼾《いびき》をかいている阿部にそう言ってやりたかった。若手が残ったことには救いがあるが、阿部も緒方も玉木も、神谷とはものが違う。

三十五年のキャリアのなかで、団体の危機は何度か経験した。一年後どころではなく、巡業《シリーズ》の最終戦を迎えることができるのかと不安になったことも一度や二度ではない。新田は団体代表と選手の二足の草鞋《わらじ》を履いているが、選手の方は半リタイア状態だった。

あの甲斐でさえ、社長業との両立には苦戦した。日本プロレスの不入りは、いまのジャパン以上に悲惨だった。五万人の観客を手玉に取る男が、打つ手がなく苦しんでいた。どんなに優れたレスラーでも経営の手腕を兼ね備えているとは限らない。

それは現場監督に就任した森にも言える。今年三十四歳の若い責任者である。ジャパンの現場監督は、巡業の責任者という立場だけでなく、試合のカードを組み、勝敗を決めるマッチメイカーの役割も果たす。

森が適任だと新田は踏んだのだろうが、経験がないのが痛かった。新田のように絶対的な服従を強いるタイプでもない。いつ沈んでもおかしくない、嵐のなかの船出だったにも拘らず、森に現場を任せた新田の意図が荒井には読めなかった。

三月の再始動から三ヵ月。いまのところ森が手腕を発揮しているとは言い難い。どこまでの権限を与えられているのかも不明だが、客入りは悪く、地方では苦戦が続いていた。

新田が試合に出ないなら、ジャパンの顔は三島になるが、再始動から目立った働きをしていない。それも歯痒かった。

甲斐という絶対的な王者がジャパンを去った後、新王者として団体を担ったのは三島だった。甲斐に勝利した戴冠ではないため、プレッシャーは相当なものであったはずだが、三島は王者の名に恥じない試合でジャパンを牽引してみせた。

三島に比べると、佐久間は見劣りする。ジャパンの現王者である。

先の巡業の目玉として、新世界ヘビー級王座をかけたトーナメントが開催された。

旧ジャパンのタイトルは一新され、新たにベルトも製作された。その初代王者を決めるトーナメントだった。

タイトル歴の一新については賛否があった。世界ヘビーは国内で最も権威のある王座である。しかし、この十年は甲斐のベルトと言っても過言ではなかった。フロントにはその記憶と記録を消す狙いがあったのだろうが、ファンの反応は芳しくなかった。

トーナメントに名を連ねたのは、佐久間、篠原、塚田、溝口。四人のうち誰が獲っても初戴冠になる。格付けからして佐久間の優勝が予想されたが、番狂わせはなくその通りの結果になった。

新田も三島も参加しないトーナメントでは、誰も世代交代とは思わず、集客にも結びついていない。

いつのまにか起きて携帯をいじっていた阿部が小さく声を上げた。

「なんだ」

「いや」

戸惑いを見せつつ、阿部が携帯を差し出してくる。

見ていたのはニュースのサイトらしい。字が小さいが、見出しは見て取れた。立花の総合格闘技参戦を伝える速報だった。

「マジですかね」

通路に身を乗り出し、阿部が声を潜めて言う。

「知るか」

携帯を投げ返し、荒井は窓の外に眼をやった。

「なにをやってんだ、あいつは」

一介の中堅選手に過ぎなかった立花が、一躍業界の主役に躍り出たのは、たった一シリーズの闘いだった。裏切り者として惨《むご》たらしく制裁されるはずだった男が、単身でジャパンに喧嘩を売り、対戦相手をことごとく撃破した。

立花は、世界ヘビー級王者の三島まで行きついた。

年内最終興行、舞台は日本武道館。その日、ジャパンは電撃的に解散を宣言したが、三島と立花は動じず、意地と意地とをぶつけ合い、団体の幕を下ろすのにふさわしい死闘を見せつけた。

あの試合で立花は燃え尽きた。荒井はそう思っていた。現役を続けたところで、もう同じことはできない。これが最後だと覚悟を決めていたから、命を捨てるような闘いができた。同期の三島との試合が引退試合だとすれば、あれほど贅沢な最後はなかった。ジャパンの幕引きの試合を締めたばかりか、歴史ある世界ヘビー級王座の最後の王者としてその名を刻んだのだ。三島との試合後、立花は緊急搬送されている。もはやリングに上がれない躰だったとしてもおかしくなかった。

荒井は立花のことを忘れようとした。だが、新生ジャパンの不入りが続くうち、立花の不在を痛感するようになった。単に、人が足らないだけではない。核となる存在がいない。

一年どころか半年先も見えない団体だが、三島がいて森がいる。だから立花も新生ジャパンに参加するものだとどこかで淡い期待を抱いていた。

しかし、立花は総合のリングに上がる。これほど馬鹿げた話はなかった。

会場入りしても怒りは収まらなかった。

開場前の練習時間、週刊リング編集長の寺尾の姿があった。寺尾が地方の会場に来るのはめずらしい。

「よう」

練習を終えたところで、荒井は寺尾に声をかけた。

「編集長がわざわざ来たのは、立花の件か」

「偶然です。俺もさっき知りましたから」

「どうだかな。なにも聞いてないのか」

「ええ」

「上の連中はなにをやってんだ。立花はジャパンに上がるのが筋だろう」

「筋ですか?」

「このままじゃ野郎の勝ち逃げだ。けじめも取らずに、再始動も糞もねえだろ」

「聞こえますよ」

「構やしねえ。なんで誰も言わねえんだ」

荒井の声は聞こえているはずなのに、練習を終えた選手たちは足早に控室に戻っていく。情けなかった。

「いつ潰れるかわからねえ団体に上がる気がないならわかる。だが、なんで総合なんだ」

寺尾はなにも言わない。ほんとうに情報がないのか、それとも、明かす気がないのか。

「立花とは会ってないのか」

「ええ」

「誰とでも一対一《サシ》で話せると聞いたが、たいしたことねえな」

「そう言われると、返す言葉がないです」

寺尾が苦笑する。いつの間にか選手たちの姿はなかった。

「あんたに当たっても仕方ねえな。情けねえのは俺もだ。ここでうじうじ言うなら、もっと早くに新田や森に提言するんだった」

「立花は、ジャパンに帰ってくると思ってましたか?」

「正直、期待はしてた。総合に行くくらいなら、スターズでもよかった。まあ、死ぬ覚悟であれだけ暴れたんだ。プロレスにはもう未練がねえんだろ」

未練がない。ほんとうにそうなのか。ジャパンとの試合は真剣勝負《シュート》だったが、対戦相手を容赦なく潰しながらも、試合はプロレスとして成立していた。秒殺することもできたはずなのに、立花はそれをしなかった。

「愚痴を吐いて悪かったな。せっかく来たんだ。ちょっとでも記事にしてやってくれ」

「プロレスラーですよ」

行こうとすると、寺尾が言った。

「立花の肩書です。総合にはプロレスラーを名乗って上がるみたいです」

「だからなんだ」

寺尾はそれ以上言わず、黙って軽く頭を下げると背を向けた。

試合は定刻にはじまったが、客席は空席が目立っていた。

控室もいつも通りだった。選手はそれぞれ試合に向けての準備をし、森はモニターの前で試合を観ている。

出番が近づく。休憩前のタッグマッチ。相手は名前も覚えていないインディーのコンビ。

休憩前に少しの笑いをとり、客を盛り上げる。それが自分という中堅レスラーに与えられた役割だった。三十五年、同じ仕事をしてきた。新生ジャパンになっても役割は変わらない。それ以上のものを求められてもいない。

タッグを組む玉木と、入場した。観客の盛り上がりが悪い。

先発に出ようとする玉木を、荒井は押しのけた。

「玉木」

「はい」

「今日、俺の様子がおかしかったら、おまえが止めろ」

「どういうことですか」

怪訝な顔をする玉木の頰を張り飛ばした。

いつからこのリングは緊張感がなくなったのか。

立花の流出を、業界は必ず悔む。新田も森も愚かだった。

早くゴングを鳴らさせろ。レフェリーの青木を顎で促した。

対角コーナーのインディー選手を睨みつける。この男には悪いが、このリングが、本来どういうものなのかを教えてやる。

選ばれし者だけが立つことを許されたリング。数合わせは必要なかった。

3

オフの生活は変わらなかった。

毎日瀬田の道場へ行き練習する。

起床は六時で、軽い朝食を摂り、八時には道場にいる。練習メニューは二十年以上変えていない。プロレスも科学的なトレーニングが取り入れられ、若い連中は理にかなった鍛え方をしているが、荒井は昔からのやり方を貫いていた。時代遅れだと笑われようが、自分はこれで三十五年大きい怪我もなくやってきた。廃業するまで同じやり方を続けるだけだった。

練習後は風呂で汗を流し、ちゃんこを食う。それから帰宅する。

若い女房と、小学校に上がったばかりの娘がいるが、家を頻繁に空ける亭主を持った女房には、それなりの過ごし方があるようで、オフだからといって必要以上に干渉はされなかった。裏を返せば、干渉するなという意味でもある。

それで臍を曲げるほど若くはない。三人目の女房だが、家で仕事の話をしたことはなかった。女房もプロレスには無関心だった。巡業は長い出張のようなもので、毎月決まった金を家に入れておけばなにも言われない。

オフの間もスポーツ紙には毎日眼を通していた。

立花の総合参戦の記事は扱いが大きかった。

対戦相手は空手出身のアフリカ系アメリカ人で、レスラーとの対戦歴も三度あり、全勝している。もとは立ち技の選手で、寝技よりも打撃を得意にしていた。総合での立ち位置はトップ選手ではないが、顔は売れている猛者《もさ》だった。

立花は、三十四歳で初の総合に挑む。年齢的には不利だろう。

梅雨らしい雨が続いた。

立花の試合が近づくにつれ、荒井は落ちつかなくなった。袂を分かったとはいえ、同じ釜の飯を食った仲間である。秀でた力を持ちながらそれを生かそうとしないのは気に食わなかったが、中堅に甘んじていた立花とは試合で組むことが多く、気心も知れた仲だった。

立花の総合デビュー戦は、メインから三試合前に組まれていた。地上波でも放映されるという。扱いは悪くない。

道場で立花の話題が出ることはなかった。考えてみれば、たったひとりで新田体制のジャパンを潰した男だった。新体制になったとはいえ、所属選手は立花に苦杯を嘗めている。

「おまえ、今日観ないのか」

試合当日、練習に来た三島に訊いた。

「なにをです」

「立花だ」

「ああ」

生返事をして三島がベンチプレスを上げた。慣らしの日なのか、百二十キロを、躰の節々を確かめるようにゆっくり上げている。

「同期だろ。気にならないのか」

「総合には興味がないですね。ありゃ別物ですよ」

「やられっぱなしのままでいいのか」

怒るかと思ったが、三島はちらりと眼をくれただけだった。

「やるもやらないも、同じ土俵に立たないと、はじまらないでしょう」

「そりゃそうだが」

再始動後、三島は覇気がない。おまえはいつ先頭に立つのか。それを訊いてみたいが、気軽に口にはできない貫禄を三島は身につけていた。甲斐の退団後、ジャパンを背負い、この男もまた大きく成長したのだ。

立花の試合は道場で観るつもりだったが、結局帰宅した。

居間のテレビは家族に文句を言われ、寝室に追いやられた。小さいがテレビはある。

総合をじっくり見るのははじめてだが、三島の言う通り、確かに別物だった。

当初は、道場のスパーリングを見せているだけだといった風潮もあったが、もはやそのレベルではなかった。パンチにしろキックにしろ専門的に習得していなければ通用しない。

何試合か終わり、突然、立花の紹介がはじまった。昨年のジャパン勢を相手にひとりで闘い抜いた死闘がダイジェストで流れる。

プロレス界最強の刺客。煽り文句を、荒井は苦々しい思いで聞いた。

対戦相手が先に入場する。漆黒の肌に、隆起した筋肉。立ち技から総合に転向後、すでに十戦以上のキャリアを持つ。大勢のセコンドを引き連れ、笑みを浮かべながらの入場だった。

大音量で立花の入場曲が流れる。入場ゲートに現れた立花を見て荒井は思わず声を上げた。

総合用のパンチグローブに、ショートタイツ。はじめて見るコスチュームだが、その肩には、ジャパンの世界ヘビー級ベルトがあった。

「おまえ、それを持って出た以上、負けられねえぞ」

カメラが立花の表情とベルトをアップで映す。花道を歩く立花に気負いはなかった。プロレスリング・ジャパンの第三十三代世界ヘビー級王者であることを実況が盛んに連呼する。総合ファンなのか、プロレスファンなのか、立花は大声援で迎えられていた。

二代目ベルトを持つ佐久間には悪いが、世界ヘビーと言えば、やはり歴戦の猛者がタイトルを争ったこのベルトだった。おそらくファンもそうだろう。

立花がリングに上がった。対戦相手と向かい合う。躰の厚みは相手の方があるが、上背は立花が勝っていた。百九十二センチ、九十二キロ。立花がコールされる。

一ラウンド十分の二ラウンド制。二ラウンドで決着がつかない場合は五分の延長戦。ルールは打撃、投げ、関節技はいずれも可能で、目つぶしや噛みつきは禁じられる。首から上への肘での攻撃も反則だった。

立花は黙ってレフェリーの説明を聞いていた。対戦相手は逸《はや》り立っているのか盛んに飛び跳ねている。

気がつくと手に汗を握っていた。負けることの許されない試合。ここで負ければ、ジャパンの歴代世界ヘビー級王座の死闘に泥を塗る。立花はプロレスを裏切ることになる。

ゴングが打たれた。

リング中央。両者が軽く拳を合わせる。

相手が先に動いた。様子を見るようにジャブの連打から、タックル。立花がバックステップでかわすが、相手はさらに距離を詰め、パンチを放つ。躍動感のある動きにスピードもある。再び相手のタックル。立花は見切るが、ロープを背にした。プロレスと違い、総合のロープは固定されている。相手がクリンチするように立花の懐に入った。背中に手を回し、そのままなぎ倒そうとする。ロープを摑むのは反則だった。実況の声が高まる。テイクダウンを奪い、馬乗りになって顔面を殴る。総合の勝ちパターンのひとつだった。パンチから逃れられたとしても、関節技にも絞め技にも移行できる。

強引な投げを立花は堪《こら》えた。表情に焦りはない。少なくとも空気に呑まれてはいない。

相手が胸を合わせた。足をかけながら倒そうとする。立花の体勢が崩れた。ひやりとしたが、立花は体《たい》を入れ替え、相手のクリンチから逃れていた。マウスピースを見せてにやりと笑う対戦相手の顔がアップになる。

再び、向かい合う。立花のローキックがヒットした。はじめての攻撃だった。効いていないと言うように相手が小さく首を振る。

さらにロー。重い音がした。相手の右パンチ。フック気味だったが、立花のローが先にヒットした。相手が一瞬ぐらつく。

「行けっ」

思わず叫んでいた。しかし、立花は畳みかけない。ローから続く攻撃が欲しい。解説が言っている。

確かにグラウンドに移行したい場面だった。立花はグラウンドが不得意なわけではない。プロレス流のグラウンド技術は通用しないということか。

相手がはじめてキックを出した。左のミドル。立花はガードしながらローを繰り出した。迅《はや》い。相手の顔がはっきりとわかるほど歪んだ。

相手の大振りのパンチ。顔も腹もがら空きだった。立花がパンチを見切りながら左のローを放つ。カウンターで入った。相手が膝をつく。勝機だが、立花は畳みかけない。相手が立つのを待っていた。

「この馬鹿が」

立花の意図が読めた。実況と解説は、対戦相手がその隙を与えなかったと見当違いのことを言っている。

試合時間はまだ五分も経っていない。

相手の攻撃が止まった。カウンターのキックを警戒している。

総合はプロレスとは別物。確かに違う。しかし、殺るか殺られるかの真剣勝負《シュート》ならこの男はよく知っていた。

立花が前に出る。相手がじりじりと後退し、ロープを背にした。ここからが怖い。解説が馬鹿なことを言っていた。

立花のロー。相手の顔が歪む。倒れまいとロープを掴んでいるが、レフェリーは注意しない。さらにロー。相手が体勢を崩しながら、低い位置からタックルを仕掛けた。立花がなんなくかわす。

二人の位置が入れ替わった。

相手のガードが下がっていた。打て。思わず荒井は叫んだが、立花が打たないのはわかっていた。総合のデビュー戦で、この男はとんでもないことを企んでいる。

右のロー。相手がアッパーを繰り出す。狙っていた。相打ち覚悟。しかし、立花の左のローがカウンターで炸裂していた。

なぎ倒されるように相手がダウンした。立ち技ならダウンカウントが入るが、総合では止めない。

グラウンドに行かない立花に、実況が声を失っていた。誰の眼にも相手が立つのを立花が待っているのがわかる。

後退《あとじさ》りしながら、相手が立った。顔には大粒の汗が噴き出している。

立花がじりじりと距離を詰める。相手が前に出た。右のストレート。存分に体重が乗っていた。立花が見切り、ローを放つ。相手が体勢を崩しながら左のフックを狙うが、それよりも早く立花のローがヒットした。相手の躰が膝から折れて倒れる。足を押さえ、悶絶したところでレフェリーが割って入った。

ゴングが打たれる。立花は飄々とした顔で勝ち名乗りを受けていた。

大歓声のなか、まだ立てない相手になにか声をかけ、立花がリングを下りる。対戦相手と違い、立花にはセコンドのひとりもいないことに荒井は気づいた。

ジャパンの世界ヘビー級王座のベルトを肩にかけ、退場する立花をカメラが追う。客席で異様に興奮しているのはプロレスファンだろう。一発も貰っていない立花の顔はきれいなものだった。

興奮が冷めやらぬなか、立花の試合がリプレイされた。

改めて見返すと、まったく危なげのない試合だった。立花は終始冷静で、序盤にテイクダウンを狙われたときも、慌てることなく処理している。

立花はローキックしか出していない。はじめから狙っていたわけではないだろう。相手と組み合って力量を読み、ローだけで仕留められると踏んだのか。はじめての総合格闘技戦でたいした強心臓だった。

これで立花は自らの価値をさらに高めた。総合の弱みは、海外のヘビー級ファイターと闘える日本人選手の不在だった。外国人に引けを取らない体格の立花に白羽の矢が立ってもおかしくない。それはプロレスとの距離がさらに遠のくことを意味する。

血が騒いでいた。

居間に行くと、女房と娘も同じチャンネルを観ていた。

「立花さん、すごいね」

女房が言う。女房の口から立花の名が出たことに荒井は面食らった。

「知ってるのか」

「お父さんとよく一緒に試合してたじゃない」

女房と娘が試合観戦に来たことはない。深夜に三十分の枠しかなかったジャパンの番組で荒井の試合が流れることもなかった。専門誌で亭主の仕事を確認するくらいのことはしているということか。

「立花さん、プロレス辞めたんだ」

女房の言葉は聞き流した。

「ちょっと走ってくる」

女房は軽く手を挙げただけだった。


調布に住んで二十年になる。瀬田の道場に近い。それだけで選んだ街で、三度の結婚も二度の離婚もこの街でした。

流す程度に走りはじめた。

道場の練習前も必ず走る。この歳になって走ることができるだけでも恵まれた話だった。三十そこらでも膝がボロボロのレスラーはいくらでもいる。

立花の試合を思い返していた。

これまで何人ものレスラーが総合に打って出、その大半が無様に敗れ、プロレスの名を貶《おと》めてきた。

立花の勝利は圧巻だった。それゆえに憂いもあった。本来ならジャパンの王者が総合格闘技戦に出るなどあり得なかった。もしも敗れることがあれば業界に与えるダメージは計り知れない。それがわからぬ男ではなかった。

この半年余り、立花の動向は不明だった。ジャパン相手に孤軍奮闘した傷を癒す期間があったとしても、今日の動きを見た限り、総合格闘技戦に対し相当の準備をして臨んだことは容易に想像がつく。

問題は立花自身にプロレスを背負っている意識があるのかどうかだった。

ジャパンとの命をかけた闘いで燃え尽き、新天地を求めたのなら、それでいい。ただ、ジャパンの歴史そのものである世界ヘビー級ベルトを、箔をつけるための道具として使ったのならプロレスに対する裏切りだった。

前方から人が走ってきた。

こんな時間でも走る人間がいるらしい。すれ違い、荒井は足を止めて振り向いた。相手も立ち止まっていた。

ジャパンにいた高平だった。

「おう」

声をかけると、高平が強張った顔で軽く頭を下げた。調布に住んでいることは知っていたが、これまでプライベートで会うことはなかった。

「いつも夜走ってるのか」

「今日はたまたまです」

「運悪く、会いたくない人間に会っちまったか」

冗談めかして言うと、ようやく高平が笑みを見せた。

高平はスターズに行ったひとりだが、それをとやかく言うつもりはなかった。高平の人生である。生活もある。

「ちょっと近況を聞かせろ。嫌ならいいが」

「いいですよ」

「どこか入るか」

「金持ってないですよ」

「俺もだ。小銭しかない」

自動販売機でスポーツドリンクを二本買い、少し歩いた先にある公園に入った。

「で、うまくやってんのか」

「まあ」

「試合には出てねえんだろ」

「そうですね」

スターズはこれまで三大会開催しているが、出場選手は甲斐の日本プロレス勢と、不破の

ＧＷＡ勢、それに旧ＡＷＦ系の選手で占められていた。甲斐たちはジャパン出身で、その意味ではジャパン勢と言えないこともないが、昨年末のジャパン解散時に所属していたなかで、スターズの出場機会を与えられている選手はいない。

「練習は、スターズの道場でやってんのか」

「スターズは道場を持ってないんで、普段はジムでしてます」

「普段はよくてもリングがいるだろ」

「そのときは、横浜の日本プロレスの道場を借りてます」

「瀬田に来ればいいじゃねえか」

「行けないですよ」

「まあ、そうだな」

荒井はベンチに座り、スポーツドリンクを飲んだ。

「二軍とか三軍とかの試合はいつはじまるんだ」

「秋と聞いてます」

「上との入れ替えがあるんだろ。下がることもあるのか」

「あるみたいですね」

「三軍より下はどうなるんだ」

「クビです」

「シビアだな。おまえはいまどこにいるんだ？」

「ジャパンは全員二軍ですね」

「秋まで試合なしか。きついな。今年になって試合をしてないんだろ」

「ええ」

公園の街灯のせいなのか、高平は顔色が優れなかった。

「スターズが道場を持ってないなら、それぞれ、元の団体の道場で練習をしてるのか？」

「甲斐さんのところと、不破さんのところはそうですね。他のＡＷＦ系やインディーの連中がどうしてるのか知りませんけど」

普段は顔を合わせないということか。大会は月に一度のペースのため、緊張感を高めさせる狙いがスターズにはあるのかもしれない。

「トップは甲斐と不破か？」

「一ノ瀬さんと海老原さんもトップ扱いですね」

ジャパンと並ぶメジャー団体だったＡＷＦの崩壊は、不破と一ノ瀬の対立によるものだと言われていた。不破の絶対的なライバルとしてしのぎを削った一ノ瀬だが、二人の対立が激化した結果、ＡＷＦは不破派と一ノ瀬派に割れ、分裂した。

不破がＧＷＡを興し、ＡＷＦの本流を名乗ったのに対し、一ノ瀬派の団体は内部分裂を繰り返し、細分化の道をたどった。一ノ瀬は何年か表舞台から消えていたが、今年のはじめ、突然、スターズへの参加を表明した。絶縁状態にあった不破と一ノ瀬が再び相まみえる。それは甲斐と不破が同じリングに立つのと同等の衝撃的なニュースだった。

海老原はＡＷＦ時代、不破、一ノ瀬に続く三番手だったが、ＡＷＦ崩壊後は不破と行動を共にし、ＧＷＡでは不破と並ぶ二大巨頭としてトップに君臨していた。不破と一ノ瀬が甲斐と同世代なのに対し、海老原は三島や森と同じ世代になる。

「甲斐と不破の直接対決はまだ先か？」

「さあ、ケツ決めで揉めてるんじゃないですか」

「どちらも負《ダウン》けは呑まねえか」

「AWF系の連中は、面の皮が厚いですからね」

「どういう意味だ？」

「俺も詳しくは知りませんけど、AWF系同士でも相当にこじれてるみたいですよ。不破さんと一ノ瀬さんは一触即発ですしね。特に一ノ瀬さんが好き勝手やってます」

絶縁状態にあった不破と一ノ瀬が再び合流したが、わだかまりが解消したわけではないらしい。

「一ノ瀬さんは不破さんを挑発してますけど、不破さんはまず受けないでしょうね。不破さんのGWAは一ノ瀬派との試合を拒否してるみたいですし」

プロレスは技を受ける。いかなる感情があろうと、技を受ける瞬間は相手に身を委ねる。そこにあるのはレスラーとしての信頼関係であり、矜持だった。

不破と一ノ瀬の関係は、新田と甲斐に似ているのかもしれない。リング上で闘いを通じて対話することができなくなれば、別の道を行くしかないのだ。

「スターズも順調そうに見えてなかはごたごたか」

「案外脆いかもしれませんよ」

「立花の試合、見たか？」

高平がちびりとスポーツドリンクを飲みながら頷いた。

「荒井さん、それで火がついたわけですか」

「馬鹿言え」

「俺は火がつきましたよ。たまんないですよ、あんな試合やられちゃ」

高平が正直な感情を吐露している。荒井は否定したことを恥じた。

「ジャパンは佐久間がトップになったんですよね。どうですか、あいつは?」

「奪い取ったベルトじゃないのがつらいところだな」

「厳しいですね」

「まあ、佐久間がものになる前に、会社が持つかわからんが」

「ジャパンはそんなに悪いんですか」

「きついな。チケットが売れない上に、頭数も足りてない。俺なんかインディーの連中の相手だぞ」

「いいじゃないですか、試合ができるだけでも」

「試合がないのはきついか」

「毎日が長いですよ。生活は困らないけど、飼い殺しにされているのと同じですね」

「ジャパンに戻ってくればいいじゃねえか」

「戻れないですよ」

「別に裏切ったわけじゃないんだから気にすることねえだろ」

「これだけ試合がないとなにしに来たんだって気にはなりますけどね、あの現場監督の下に戻ろうとは思わないです」

「森となにかあったのか」

「荒井さん、知らないんですか」

「なんだ」

「リストラですよ。解散宣言で有耶無耶《うやむや》になりましたけど、ジャパンは選手のリストラを計画していて、森さんに査定させてたんですよ」

「なんで森が査定するんだ」

「さあ、それがフロント入りの条件だったんじゃないですか」

「考えすぎだろ」

「神谷の試練の十番勝負があったじゃないですか。あの試合が仕事《ワーク》じゃなかったのは査定を兼ねていたからって話です。立花さんが暴走して途中止めになりましたけど」

全勝を条件に、当時、世界ヘビー級王者だった三島への挑戦権がかけられた神谷の試練の十番勝負。確かに真剣勝負《シュート》という触れ込みだったが、シリーズの主役は神谷で、対戦相手の十人は中堅どころで占められ、現場監督の新田はタッチしていなかった。仕掛け《アングル》なのか、リアルなのか対戦相手が悩むのを見越したようなマッチメイクだった。

試合内容は酷かった。三年目の神谷は試合を作れず、対戦相手は深読みしたのか、変に萎縮し、神谷に勝ちを譲っていた。唯一、立花と神谷の試合だけは嚙み合った好勝負になったが、立花が神谷を下し、十番勝負はそこで終わっている。

「正当に評価されて首を切られるならわかりますけどね、あんな試合で査定されるんじゃ堪《たま》りませんよ」

シュートだったのなら、立花が勝利したところで問題はないはずだが、立花はその後試合を干され、シリーズが終わった翌日に解雇されている。表向きはスターズへの移籍が報じられたのを理由にした契約違反という名目だったが、神谷との試合が関係していたのか。

もしも、立花と神谷の試合に限ってワークだったとしたら、立花はプロとして許されない行為を働いたことになる。解雇には十分な理由だった。

「査定は十人だけだったのか」

「さあ」

高平は口を濁したが、そんなわけがないという顔をしていた。ジャパンを見限った選手は十人ではきかない。

「森さんがマッチメイクをするなら、嫌がる人間多いと思いますよ。俺らの仕事は信頼関係がないとできないじゃないですか」

返す言葉がなかった。高平が頭を下げ、背を向けた。

遠ざかっていく背中を荒井は見ていた。

4

再始動から五度目の巡業《シリーズ》がはじまった。

梅雨が明け、うだるような暑さが続いている。全九戦。主に関東中心のツアーである。

千葉の開幕戦。会場入りし、練習をしていると、誰かがリング下に近づいてきた。企画部長の岩屋だった。

「なんだ、これは」

岩屋がマットの上に雑誌を投げた。週刊リングの最新号だった。

荒井は黙って立ち上がった。

表紙は、総合格闘技のリングに立つ立花である。

週刊リングはプロレス専門誌だが、立花の総合戦の特集を組んでいた。レスラーの劇的な勝利というだけでなく、立花の復帰戦でもある。週刊リングの熱の入れようは相当なもので、立花の総合戦について各レスラーにコメントを求め、それをまとめていた。

荒井も取材を受けた。立花を総合に行かせた業界を詰《なじ》り、森を含めたジャパンのフロント陣を馬鹿だと罵《ののし》った。記者には記事にしていいのかと再三訊かれたが、構わないで押し通した。

「てめえ、紙面使ってなにをほざいてんだ」

岩屋の剣幕に、選手たちが呆気にとられていた。

「新田がなにか抜かしてるのか」

「なんだと、この野郎」

荒井は聞こえよがしに溜息をついた。選手とスタッフだけでなく、興行主《プロモーター》の関係者もいるというのに場所をわきまえることを知らない。新田の参謀として数々の興行を成功させてきたが、昔から口の悪い男だった。

「文句があるなら後で聞いてやる。引っ込んでろ」

「誰に言ってんだ。このロートルが」

荒井はリングを下り、岩屋の前に立った。

「いま、ロートルと言ったのか」

詰め寄ると、岩屋の顔つきが変わった。人相が悪く、一般人には見えない風貌だが、所詮は素人である。

「俺がロートルか試してみるか？」

昔から好かない男だった。岩屋と揉めてジャパンを去った選手や社員は何人もいる。直接被害を被らない限りは見逃してきたが、吐いた言葉を呑ます気はなかった。

「どうした。びびってるのか」

一発殴らせてやろうと思った。それから引きずり回す。それでいかなるペナルティを食らおうが知ったことではない。

「おっさん、いま練習中だ。引っ込んでろ」

後ろから三島の声がした。岩屋が我に返ったように睨みつけてくると踵を返した。

三島が練習を再開する。選手たちもそれに倣った。

練習を終えて控室に戻ると岩屋の姿はなかった。岩屋の件には誰も触れず、定刻に試合がはじまった。

荒井の試合は休憩前だった。今シリーズもインディーの相手を任せられるらしい。タッグパートナーは阿部。

フリーの顔ぶれは、シリーズごとに違う。それがインディーのレベルを現していた。ジャパンで通用する選手はいない。レベルを合わせるにしても、まともなレスリングができない連中が相手では無理があった。

試合を成立させようと、阿部が技を受けている。たいして効いていないのは表情でわかった。森も酷な真似をする。若手の阿部たちに、雑魚《ざこ》が相手でも試合が組み立てられるよう経験を積ませる狙いがあるのだろうが、限度があった。度を過ぎると茶番になる。

タッチを交わした荒井は、阿部が作った流れを無視して相手を攻め立てた。一切の反撃を許さなかった。タッグパートナーのカットが入っても、ひとりで撃退した。そのまま関節を極める。相手はタップすることもできず、慌てたレフェリーがストップした。

二十代の阿部が苦戦していたのが、五十を過ぎた荒井が二人を相手に軽々と試合を終わらせた。戸惑っている観客を尻目に、荒井はさっさとリングを下りた。本気で関節を極めた対戦相手は動けず、レフェリーが担架を要請していた。

阿部はなにか言いたげな様子だったが、結局なにも言わなかった。

雑魚とプロレスをするつもりはない。頭にはいくつも言葉が並んだが、集約するとその一言に尽きた。森にはそう伝えるつもりだった。それで試合を組まれないなら仕方ない。帰れと言われたら帰るまでだ。

控室に戻ったが、森にはなにも言われなかった。先シリーズでも、インディーのフリーをひとり潰したが、問題にはならなかった。

そのまま全試合が終わった。

二戦目は水戸。前夜、千葉で潰した相手の姿がなかった。離脱したのか。関節を極められ、ギブアップすることもできない。スパーリングの経験すらなかったのだろう。

プロレスは仕事《ワーク》だと言い切るレスラーがいる。必ずしも強い者が頂点に立つとは限らない世界だった。しかし、派手な受け身《バンプ》も表現《セール》も、肉体ひとつで観客を魅了する確かな技術があってはじめて光る。インディーの連中は、そこを履き違えていた。

所詮はまともなレスリングができない連中の集まりなのだ。ジャパンやAWFで通用しない名ばかりのレスラーの吹き溜まり。しかし、世間からすれば、そんな連中も同じプロレスとして一緒くたにする。それが我慢ならなかった。

練習を終えて控室に戻る途中、森が待っていた。

「ちょっといいですか」

「なんだ?」

森に促され、控室ではないロッカールームに入った。

「荒井さん、問題になってますよ」

ドアが閉まると森が言った。

「リングの件か」

「紙面で馬鹿呼ばわりはさすがにまずいでしょう」

「岩屋が泣きついたのか」

「不満があれば、俺に直接言って貰えませんか」

「不満ならいくらでもある。俺はいつまでインディーの相手をさせられるんだ」

「それについては申し訳なく思っています。所属選手だけで興行が打てればいいんですが」

「だからインディーを使うか。ジャパンの敷居を下げてどうするんだ」

「インディーのなかにも原石はいませんか」

「馬鹿を言え。いるもんか」

思わず声を荒らげていた。

「俺はいると思っています」

「いいか、インディーのプロとは名ばかりの連中が、プロレスを安くしたんだぞ」

森の表情は変わらない。荒井は視線を逸らし、落ち着こうとした。

「今後もインディーを使うのか」

「そのつもりです」

「相手をさせられるのは俺か」

「キャリアからしても、任せられるのは荒井さんしかいないです」

「会社の状況は理解してる。だがな、俺はこれでもジャパンのレスラーであることに誇りを持ってやってきた」

「俺としては、インディーに骨のあるやつがいたら、荒井さんにしごいてもらいたいと思っています」

「おまえだから言うが、これが新田のマッチメイクなら、俺は辞めてる」

なにか言おうとした森が口を噤《つぐ》んだ。

「俺はジャパンに必要なのか？」

「当たり前じゃないですか」

「前から考えてはいた。俺がいまのジャパンと契約したのは、成り行きみたいなもんだ。俺もこの齢だ。頭数を揃えるための要員でも文句は言えねえ。だがな、まともにレスリングをできない連中と試合をするために練習を続けているわけじゃねえんだ」

言い過ぎであるのはわかっていた。会社の状況を考えれば、インディーを使わざるを得ないことも、その相手を任されるのも仕方なかった。阿部たちだけではまともな試合にならない。トップレスラーである塚田や溝口たちが相手では、インディーの選手が動きについていけない。中堅で、勝ち負けに左右されないキャリアの自分が適任なのだ。

ただ、納得はしていない。己に嘘はつきたくなかった。

「ひとつ教えてくれ。去年、おまえがリストラの査定をしたとき、俺は対象だったのか、対象外だったのか」

森の顔が強張った。

「どうなんだ。はっきり言ってくれ」

「対象でした」

「そうか」

あえて確認することでもなかった。五十を過ぎた自分が対象外であったはずがないのだ。

「紙面を使って愚痴を吐くことはもうしないから安心してくれ。それから、現場監督をおまえ呼ばわりしてすまなかった」

頭を下げた。否定することもできたはずだが、森は潔く認めた。その男気は褒めるべきだった。

気分が重かった。森は後輩で、親しくもしていたが、いまは立場が違う。現場監督と歳を食った中堅。落ちぶれた団体でも、マッチメイカーの権限は絶対だった。レスラーは組まれた試合をこなすしかない。

試合がはじまった。

出番は定位置の休憩前。今日のパートナーは緒方。相手タッグチームに新顔がいた。離脱したインディーに代わり、急遽呼ばれたのだろう。

組まれた試合はやる。ただ、森は潰すなとは言わなかった。

リング上で対峙して少し驚いた。新顔は若かった。阿部や緒方と同じくらいだろう。躰は見事にビルドアップしていた。体格は阿部や緒方にも負けていない。

久坂。コールされた名を荒井は頭の隅に記憶した。

緒方と久坂の先発でゴングが鳴らされた。ロックアップ。久坂が圧し勝った。さらにロープワークからの体当たりで緒方を圧倒する。

久坂は最初からエンジン全開だった。緒方は久坂のパワーを持て余している。

「代われ」

緒方を呼び戻し、荒井はリングに入った。久坂が闘牛のように突っ込んでくる。ロープに振られる。反転し、待ち構えている久坂にショルダータックルで突っ込む。久坂が踏ん張った。もう一度来い。ジェスチャーでアピールする久坂の胸板に逆水平を叩き込む。強烈な一発が返ってきた。さらにもう一撃。倒れながら荒井は足を捕った。

グラウンドに持ち込むと、久坂は対応できなかった。ビルドアップした筋肉も動きの邪魔になっている。右腕に照準を絞り、緒方と交互に攻め立てた。

久坂はロープに逃げることしかできなかった。タッグパートナーは一度も試合権利を得ていない。

きれいな試合をしようとは思っていなかった。潰されるなら、潰される方が悪いのだ。

「終わらせろ」

十分に痛めつけたところで緒方にタッチしようとした。久坂が腕を摑んできた。汗にまみれ、紅潮した顔で久坂が睨みつけてくる。

「なんだ、その眼は」

ストンピングで顔面を蹴りつけた。鼻血を噴き出しながらも久坂がしがみついてくる。

この野郎。頰を張った。それでも久坂は離さない。腰を入れた張り手を見舞う。久坂の眼は死ななかった。顔を荒井の腹に押しつけながら立とうとする。

「インディーが」

久坂が立つまで待ち、渾身の張り手を打ちつけた。久坂が白眼を剝く。次の瞬間、衝撃があった。荒井は自分が倒れていることに気づいた。歓声が遠い。ぼやけたような鈍い痛みが徐々に首筋に集中してくる。

ラリアットを食らったのだと気づいた。立とうとするが、足に力が入らない。久坂は両手をついて全身で呼吸をしている。下手な表現《セール》だった。荒井が立つのを待っている。

「野郎」

意地で立った。足にきているのを悟られぬよう久坂に躍りかかる。馬乗りになり、髪を鷲摑みにして肘を叩き込む。

久坂の眼が死なない。引き起こし、ボディスラムでマットに叩きつけた。

エプロンに出て、すばやくコーナーの最上段に上がる。往年の必殺技。インディーの小僧相手に出す技ではないが、格の違いを教えてやる。

最上段に立つ。久坂が飛びついてきた。頭にきた。殴って叩き落とす。それでも久坂は立ち上がり、コーナーに上ってくる。

ボディに強烈な一発を食らった。荒井は思わず呻《うめ》いていた。その隙に久坂が最上段に上がる。ブレーンバスターの体勢。コーナー最上段からの雪崩式である。

踏ん張ろうとしたが、すでに久坂が技に入っていた。形が崩れれば怪我に繋がる。身を任せた。三メートル以上の高さである。マットまでの落下が長く感じた。衝撃。受け身は取ったが、反動で躰が跳ねあがる。

久坂のカバー。渾身の力でキックアウトした。

「緒方」

叫びながら荒井はロープに走った。ラリアット。唇を切った久坂が歯を食い縛りながら耐える。後ろから緒方のドロップキック。

前につんのめった久坂に、もう一発ラリアットを見舞う。なぎ倒し、押さえ込んだ。

レフェリーのカウント。完璧に三つ入った。

勝ち名乗りを受ける間も、久坂は起き上がれなかった。それを横目に花道を下がった。退場したところで、荒井は膝から崩れそうになった。さすがに四十五を過ぎてから、雪崩式を食らうことはなかった。それだけではなく、久しぶりに良いのを貰った。再始動後、雑魚の相手ばかりをしてきた。そのせいだとしか思えなかった。

本隊の連中に、こんな姿は見せられない。

そのまま会場の外に出た。明かりを避け、暗がりへ行く。

「おう」

メインレフェリーの山口が煙草を吸っていた。

ベンチがあり、荒井は腰かけた。首筋が痛む。意地の一発だったのか、立てなくなるようなのを食らったのは久しぶりだった。

「なんだ、良いもん、貰ったのか」

山口が言った。ダメージを悟られぬよう心掛けたつもりだが、見抜かれたらしい。

「今日来た活きが良さそうなあいつか。良い躰してたもんな」

「見かけ倒しだ。明日にはいないはずだ」

「また潰したのか」

「ジャパンの厳しさを教えてやっただけだ」

山口が新しい煙草をくわえた。

「森にやり込められたそうだな」

「誰がそんなことを言った」

やり込められたのではない。二十も下の森に毒を吐いただけだ。

「おまえのせいで本隊の控室が通夜みたいだと聞いたぞ。どうせリングの件だろ。あれは言い過ぎだ。あんまり森を困らせるな」

山口は還暦に近く、長い付き合いだった。選手ではない山口とは、いつからか俺おまえで話すようになった。

「誰かが言わないといけないことだ」

「社長も森も精一杯やってる。巡業は組めているし、給料の遅配もないだろう」

「新田はなんで試合に出ない？」

「営業で全国を飛び回ってるって話だ。ジャパンを離れたスポンサーとプロモーターに直接営業をかけているらしい。手渡しでチケットも売っているそうだ」

「新田がか？」

「試合に出れば客を呼べるのはわかっているが、出たくても出られない事情がある。リング以外にも闘う場所があるってことだ」

山口は外国人を招聘する渉外担当でもある。選手よりもフロントとの距離は近い。

「新田は現場にタッチしていないのか」

「森に一任してる」

「インディーを使っているのは承知なんだろうな」

「それは知っているだろう。任せた以上は、口を出さないと決めてるんじゃないのか」

「ジャパンも堕《お》ちたもんだ」

山口が笑った。

「そんなにインディーとやるのが嫌か？」

「俺の身になってみろ」

「テレビもスポンサーも離れた。ジャパンもいまじゃインディーみたいなもんだ」

「やめてくれ」

「会社がどういう状況かわかっていないみたいだな」

「俺に危機感がないと言いたいのか」

「ここだけの話だが、社長も森も、給料をカットしてやってる」

紫煙を吐いた山口が眼を細めた。

「冗談だろう」

「だいぶ持ち直してきたようだが、いつショートしてもおかしくない状況だってことだ」

「返上した分は、タニマチから貰ってるんじゃないのか」

「ジャパンが解散してほとんどのタニマチに見切りをつけられた。オーナーからジャパンを買い取るのに、かなり無理をして金を工面したしな」

外国人が出てきてなにか言った。山口が流暢な英語を返す。来日中の外国人の世話も山口の仕事だった。大物にも名前を憶えられているため、若いレスラーは山口に従順だった。

「森もなのか」

「役員だからな」

「森は子供がいるだろう」

「皆、必死なんだ。それはわかってやれ」

山口が煙草を消し、先に腰を上げた。

館内に戻る。入口に久坂がいた。

「なんだ、おまえ」

「すいませんでした」

鼻血を流し、顔を腫らした久坂が頭を下げた。

「なにを詫びてる」

「熱くなりました。硬くなかったですか」

「舐めんなよ、小僧」

行こうとして、それも大人げないと思い直した。

「インディーじゃ、あの程度で硬いのか」

「いつも怒られてました」

「笑わせんな。ジャパンじゃ、あの程度なんでもねえ」

「潰しにきてるのかと思いました」

「誰かに詫びて来いって言われたのか」

「青木さんに」

試合を捌《さば》いたレフェリーである。後で張り飛ばしてやろうと思った。

「いいか、遠慮なく来い。じゃねえと潰すぞ」

言い捨て、荒井は控室に向かった。

翌日の福島も久坂との試合が組まれた。互いにタッグパートナーは違う。

久坂の打撃は強烈だった。インディーで硬いと詰られるのも理解できる。試合は粗削りで、グラウンドはまったくできない。それでも、骨はあった。どれだけ痛めつけても、久坂の眼は死なない。

決して原石などではない。しかし、インディーにも久坂のような男がいる。

インディーでプロレスで食えているのは一握りだった。多くは他の仕事で生活費を工面しながらプロレスを続けている。本物ではないからプロレスで食えない。そう思っていたが、久坂の躰は片手間で作れるものではなかった。荒井たちの当たりの強さに悶絶しながらも、メジャーには負けないという気迫が伝わってきた。それは不思議と悪いものではなかった。

福島の次は、宇都宮。

移動中は眠っていた。どの町の景色も見慣れていた。決して久坂との試合のダメージが尾を引いているわけではない。

宇都宮でのタッグパートナーは阿部だった。相手はもちろん久坂である。久坂の生傷が日ごとに増えていた。しかし、ダメージを引きずっているようには見えない。

久坂に食らった分は倍にして返した。インディーごときに舐められるわけにはいかない。メジャーの厳しさを肌に刻み、世界が違うことを自覚させてやる。

阿部と久坂の攻防中、グラウンドに持ち込んだ阿部が、久坂の耳元でなにか囁いたように見えた。

阿部がペースを握り、久坂を痛めつけていく。馬鹿力で反撃するチャンスはあっても、久坂の動きが鈍い。荒井はいらつき、久坂をロープに振った。躰ごとぶつかってきて、力をアピールするチャンスである。しかし、当たりの弱いタックルが来ただけだった。

阿部が余計なことを言ったのだろう。

テクニックはない。試合の組み立ても満足にできない。がむしゃらにやるしかない小僧が、力をセーブし、見せかけのプロレスをしようとしている。

「荒井さん」

阿部がタッチを求め、手を差し出してくる。

「引っ込んでろ」

阿部を怒鳴りつけ、荒井は久坂の髪を鷲摑みにした。拳を握り締め、鼻っ柱を殴る。思わず顔を押さえた久坂の指の隙間から血が垂れた。

「どうした、雑魚が」

ボディを蹴り、さらに顔面をナックルで殴る。止めに入ったレフェリーの青木を、荒井は払いのけた。

「インディーが」

久坂の眼の色が変わった。エルボー。頰に食らった。膝が崩れそうになるほどの強烈な一撃だった。踏ん張った。ここで倒れるわけにはいかない。飛び上がるようにして、頭突きを顎に見舞った。堪らず久坂が倒れる。ガードする腕ごと顔面を蹴りつけた。

観客が静まり返っていた。知ったことではなかった。手抜きを覚えたら、それはもう闘いではない。

久坂の後頭部にストンピングを落とす。立ち上がる隙を与えなかった。急所を攻撃する。ガードが下がると顔面を狙う。そのたびに久坂の血がマットに散る。

見かねたタッグパートナーがカットに入ってきた。形ばかりのカットを、荒井は無視した。阿部が入ってきて、相手をリング下に落とす。

「こいつ、潰すぞ」

戸惑っている阿部に言った。

一流ではない。そんなことはわかっていた。しかし、二流にも意地はある。闘いでなくなれば、それはもう見世物でしかないのだ。

阿部がストンピングを連打する。動きは派手だが、痛みは伝わっていなかった。阿部を押しのけ、久坂の背中を蹴りつける。鼻から下を血で染めた久坂が背中を反らしながら呻いた。

「投げろ」

阿部に言い、荒井はエプロンに上がった久坂のタッグパートナーを蹴り落とした。

ボディスラムをこらえた久坂が反対に阿部を投げた。荒井は後ろから蹴りつけた。血走った眼の久坂が振り向きざまにエルボーを放ってくる。頬骨が鳴り、棒立ちになった。エルボーの打ち方だけは知っている。膝が笑っていた。

久坂が吼《ほ》え、ロープに走った。無駄なアピールだった。その余裕があるなら一発でも多く相手にかませばいいのだ。ショルダータックル。食らう前に倒れ、足をかけた。馬乗りになり、掌底《しょうてい》を顔面にぶち込む。鼻血で真っ赤に染まった久坂の顔が見る間に腫れあがっていく。

羽交い締めにされ、荒井はゴングが鳴らされていることに気づいた。

「離せ」

阿部に言い、荒井は力を抜いた。まだ膝から下が痺れている。久坂の様子は見ず、荒井はリングを下りた。

退場したところで、阿部を張り飛ばした。

「おまえ、あいつになにを言った？」

「なにも言ってないですよ」

阿部の眼は落ち着きなく動いていた。

「硬いとでも抜かしたか」

プロレスの当たりの強さを指す隠語である。表現《セール》のまずさや、仕事《ワーク》の下手さを指す際にも用いられる。総じて三流の選手が使う言葉だった。

「いいか、一度だけ言うぞ。舐められる真似はするな」

木山が現場監督を務めていた頃は、下手な試合をすれば、竹刀を持った木山がリングに上がり、観客の前で制裁していた。新田は、ふざけた試合をしないよう常に控室のモニターの前に座り眼を光らせていた。

森には、木山のような信念も、新田の統率力もない。緊張感のない弛んだ控室の空気が森の甘さを物語っていた。

久坂はこれで脱落だろう。雑魚はどうでもよかった。

全試合が終わり、バスでホテルに向かう。

宿泊先に到着後は各自好きにやる。ひとりになると、気が塞いだ。

日を追うにつれ、山口の言葉が重くのしかかっていた。

あの新田が自らチケットを売り、プロモーターに営業をかけている。信じ難いが、巡業を重ねるごとに売り興行が増えているのは確かだった。会場は小型化したが、それでも年間百試合近いペースで巡業は組まれている。選手もスタッフも減り、会社の規模が縮小したことを思えば、それは裏方の頑張りによるものだった。片や表方であるレスラーは、観客動員数を増やせずにいる。

森に毒づいたことを後悔していた。

女々しい真似をした。後輩とはいえ、森はマッチメイクを取り仕切る現場監督である。盾突くことは本来許されない行為だった。

全身が痛みで疼いていた。素面《しらふ》では眠れなかった。ビールでは酔えず、強い酒が欲しくなる。日付が変わる時間だったが、荒井は着替えてホテルを出た。

地方の夜は早い。ネオン街もあるのだろうが、いつからか足は遠のいていた。若い頃は、稼いだ金は酒と女で消えた。宵越しの金は持たない。レスラーはそうあるべきだと思っていた。

街は車の往来も、人通りも絶えている。

通りを一本変えて引き返す。前方にコンビニが見えた。開いている店は他にありそうにない。コンビニで酒を買い、ホテルに戻って飲むことにした。

怒号が聞こえた。

コンビニの前で若い連中が誰かに絡んでいる。無視して店内に入ろうとしたが、絡まれているのは選手バスの運転手の老松だった。

「なにやってんだ、松さん」

「おう、荒井か」

老松はかなり酔っている様子だった。老松を取り囲んでいるのは四人の若者だった。

「こいつらに道理を教えてやってるんだ」

輪のなかに入ろうとすると、前を塞がれた。

「悪いな。酔ってるんだ。勘弁してやってくれ」

「できねえな」

前を塞いだ若者が言う。

「見りゃわかるだろ。年寄りだ」

「誰が年寄りだ」

老松が呂律《ろれつ》の回らない口で言う。還暦は過ぎている。困った爺さんだった。

「松さん、帰るぞ」

前を塞ぐ若者を押しのけようとすると、ひとりが横から殴りかかってきた。

反射的に手が出ていた。片手で突き飛ばしただけだが、殴ってきた若造は吹っ飛び、アスファルトに尻餅をついた。

「この野郎」

別の若造が蹴りつけてきた。あえて食らった。倒れてやるほどでもない。

「もういいだろ」

渾身の蹴りだったのか、若造が一瞬怯み、仲間に合図した。

全員で来られると面倒だった。怪我をさせないとも限らない。荒井は蹴った若造の胸倉を摑み、引き寄せると同時にベルトを摑んで頭上に持ち上げた。仲間がそれを見て動きを止めた。

「行け」

男を下ろし、軽く凄んだ。若造らは顔を見合わせると、倒れた仲間を起こし、駆け去った。

「なんだ、もっとやってやれ」

老松が言う。眼が据わっていた。

「松さん、飲みすぎだろう。明日運転できるのか」

「うるせえ」

コンビニから中年の従業員が出てきた。

「通報したのか？」

「してませんよ」

従業員の男はホースを伸ばして店の前に水を撒きはじめた。

「さっきの連中、飲み物を店の前に振りまいて遊んでたんですよ。それをその人が注意して」

老松はぶつぶつなにか言っている。酒を買おうと思ったが、ホテルに連れて帰った方がよさそうだった。

「まだ現役なんですね」

行こうとすると、中年の従業員が言った。

「学生の頃、観戦に行ってましたよ」

男は荒井のことを知っているようだった。

「新田世代か？」

「甲斐までは見てましたね」

だからどうしたということもなく、男は小さく頭を下げると店内に戻って行った。

若い頃に見ていたレスラーが、五十を超えたいまも現役を続けている。呆れているのかもしれず、プロレスそのものを笑っているのかもしれない。

老松を連れ、ホテルに戻った。

服を脱ぎ、ベッドに横になる。汗ばんでいたが、シャワーを浴びるのが億劫だった。

年甲斐もなく娘ができた。まわりには娘が成人するまで現役を続けると吹聴しているが、本音を言えば、契約更改の度に首を切られる覚悟をしていた。

肉体的なピークは過ぎていた。練習は欠かさず続けているが、躰を維持するのが精一杯だった。スタミナ、反射神経、動体視力、一瞬の力、脚力。衰えは確実にきている。

それでも、まだやれる。闘志は燃え尽きていない。

プロレスは闘いである。五十を過ぎた男がそう声高に叫んだところで、虚しく響くだけだろう。ある年齢に達したときから、ファンが求めるものが変わった。その頃から、試合で笑いが起こるようになった。自分の存在が、プロレスの価値を貶《おとし》めているのではないか。そう自問する一方で、これもプロレスだと割り切る自分もいた。

トップの器ではない。そんなことはわかっていた。しかし、チャンスが与えられなかっただけだという思いもどこかにあった。それをひがんでいたわけではない。ただ、中堅にもそれなりの場数を踏んできた自負はある。新田とスパーリングをして、後れを取るとは思わなかった。少なくとも、手も足も出ず、無様に負けることはない。

プロレスの根底は闘いだった。仕事《ワーク》も仕掛《アングル》けも、鍛え抜いた肉体と磨きあげた技術の上に成立する。根底は闘い。それは中堅にとっても誇りだった。

森は、笑いの起こる自分の試合を闘いではないと判断し、リストラの対象に数えたのか。

眠りが浅いまま朝を迎えた。

躰の節々が痛む。鏡の前に立って、啞然とした。老いと疲れが滲み出ている。

歯を磨こうとして違和感を覚えた。歯が割れていた。

「あのガキ」

久坂。強烈なエルボーを食らった。

三十五年現役をやり、自前の歯は十本も残っていなかった。

朝食は摂る気にならなかった。出発は九時で、夕方には次の街で試合をする。

少し早くロビーに下りた。本隊の選手バスに並んで、外国人とフリー用のバスがあった。同じホテルだったらしい。

バスに乗り、自分の席に座った。一番乗りだった。歯の痛みは薬でやわらぎつつあった。躰の節々の痛みも、鈍いものになっている。

眠ろうとしたとき、ホテルから久坂が出てくるのが見えた。腫れあがった顔で、両手に大型のスーツケースを持ち、外国人用のバスに運んでいる。

脱落したものだと思っていた。昨夜の試合のダメージが残っているはずだが、久坂の動きは軽快だった。

久坂がホテルに戻り、また荷物を持って出てくる。若手のように使われているらしい。

「おい」

荒井は思わず窓を開け、声をかけていた。

「元気いいな」

久坂が顔を上げる。朝陽が眩しいのか眼を細めていた。

「根を上げて逃げ出したかと思ったが」

逃げねえよ。久坂が吐き捨てるように言い、背を向けた。

潮時か。ふと思った。

三十五年。十分な長さだった。

誰であろうと、いつかはリングを下りる。

そのときが訪れた。それだけのことだった。

5

後楽園ホールはプロレスの聖地と言われている。

客席は二千人に満たないが、どの席からもリングが間近に見え、さらには独特の雰囲気がある。この会場で多くの名勝負が生まれ、事件も起こった。国内で最もプロレスの興行が開催されている会場だが、その分ファンの眼も肥えている。会社も下手なカードは組めなかった。当然、自主興行である。

一足先に練習を終え、荒井は本隊の控室に向かった。

思った通り、控室は森ひとりだった。荒井に気づくと、森は少し表情を変えた。

「監督、ちょっといいか」

森が頷いた。面と向かって話すのは水戸以来である。

「巡業中に言うのもなんだが、廃業することにした」

森が息を吞むのがわかった。

「俺も齢だ。そろそろ潮時だと思ってな」

「まだやれますよ」

「いいんだ。この齢まで現役をやれた。会社には感謝してる」

「引退して、どうするんですか」

「まあ、なんとかなる」

笑って言ったが、プロレスしか知らない五十を過ぎた男が、社会に出てやっていけるのかという不安はあった。しかし、やっていくしかないのだ。

「ひとつ、頼みがあるんだが、引退試合をやってもらえねえか。大がかりじゃなくていい。セレモニーもいらねえ。ただ、これが最後だって試合を組んでもらいてえんだ」

「荒井さんのキャリアからしてそれは当然ですが」

「けじめだ。場所はどこでもいい。相手も任せる。俺の引退試合で少しでも客が入ってくれれば、一回くらい会社に貢献できるだろう」

「本気なんですね」

「上には、監督から言ってもらえるか」

ほんとうは新田に直接廃業を伝えるつもりだった。恵比寿にあった事務所は、瀬田の道場に近い玉川に移っている。今朝、いつもの時間に道場に行くまでは、玉川の新事務所を訪ねようと思っていた。しかし、どうしても足が向かなかった。

「わかりました。新田さんには俺から伝えます。ただ、会社から正式に発表するまでは、この件は黙っていて貰えますか」

「わかった」

「巡業には出て貰えるんですよね？」

契約期間中はという意味だろう。ジャパンとの契約は来年の一月までだった。

「使ってもらえるなら出るが」

「お願いします」

近いうちに引退の発表があり、年内のどこかで引退試合が組まれるのだろう。それまでは巡業に帯同し、試合に出る。それでよかった。

「それから、この間は失礼なことを言って悪かった。勘弁してくれ」

頭を下げた。顔を上げると、森は泣きそうな顔をしていた。その顔を見て、新田ではなく森に話してよかったと思った。

会場に戻ると、三島と佐久間がスパーリングをしていた。

三島のスパーリングを見るのは久しぶりだった。

両者の激しい動きに、荒井は束の間魅入られた。勝敗が決まっている。技を受ける約束事がある。だからプロレスは闘いではないと見る向きがあるが、眼の前で繰り広げられているのは、紛れもなく闘いだった。鍛え上げられた鋼の肉体のぶつかり合い。観客がいないだけで、三十五年、なにひとつ変わらぬ光景だった。

佐久間がタップする。三島が無言で離れ、またリング中央で向かい合う。指先の探り合いから隙を見て倒し、グラウンドの攻防がはじまる。

時代とともに変わったものもあるが、ジャパンの魂はしっかりと受け継がれている。老兵は去るのみだった。

廃業してからの第二の人生。

以前は興行主《プロモーター》への転身を考えていた。躰がやれるまでは現役を続け、引退後は退職金を元手に地方の興行を手掛ける。そのために、地方のプロモーターに顔を売り、レスラーからの転身に成功した先達には、膝を突き合わせて教えを乞うてきた。

眼をつけていた地域はあった。興行という仕事柄、新規の参入はなにかと面倒が多いが、興行主が引退した地域ならさほど揉めることはなく、運が良ければ、口添えも期待できる。

そんな第二の人生の設計図も、スターズの誕生で消えた。

プロモーターに転身したところで、活動している団体がジャパンひとつしかない現状では厳しかった。一度解散したジャパンには退職金も期待できない。

嘆いてみても仕方なかった。これも時代の流れなのだ。郷里に戻ってもいいが、幼い娘がいる。娘がひとり立ちするまでは、親の務めを果たさなければならなかった。いざとなれば肉体労働でもなんでもする覚悟はある。

開場時間が迫ってもスパーリングは続いていた。

控室に下がろうとすると、血相を変えた記者とカメラマンが足早に追い抜いて行った。このところ、ジャパンの巡業には週刊リングとスポーツ紙が一社帯同しているだけだった。

記者とカメラマンは、外国人側の控室の前にいた。なかに入ろうとするのを若手の玉木が止めている。

記者の控室への立ち入りは禁じられている。新田が設けたジャパンのルールで、リングの記者が知らないはずはない。

「何事だ？」

通りかかった緒方を止めた。

「立花さんが来てるみたいです」

なにをしに来た。最初に思ったのはそれだった。総合格闘家に転向した立花が、古巣になんの用があるのか。

本隊の控室に戻ると、明らかに空気が違った。森の顔が険しい。

妙に落ち着かなかった。立花がほんとうにいるのかもわからない。顔を見たわけではないのだ。控室を出た。追い払われたのか、外国人側の控室前にリングの記者はいなかった。門番のように玉木が仁王立ちしている。

「いいか？」

指さすと、玉木が緊張した顔でドアを開けた。

スーツ姿の立花がレフェリーの山口と談笑していた。

「よう」

「どうも」

和んだ空気に、荒井は椅子に腰を下ろした。

「もう躰はいいのか」

単身でジャパンに喧嘩を売り、立花は満身創痍だった。最後の試合になった三島戦では、試合後にリング上で意識を失い、緊急搬送されている。

「おかげさまで」

「なにをしに来たんだ?」

「怪我が治ったんで、その挨拶ですかね」

本気で言っているのか。もともとつかみどころのない男だった。

「勝手に来たらしいぞ、こいつは。会社に断りも入れてない。いきなり控室にいるんで俺も驚いた」

山口が言った。

「よく入れたな」

「一応、顔パスでしたね」

「こいつ、所帯を持ったらしいぞ」

「実はガキもできまして」

「そりゃめでたいな。どっちだ?」

「まだわからないんですよ。妊娠しているのがわかったばかりなんで」

「それで働く気になったわけか」

「そんなところです」

「今後も総合に上がるのか」

言った荒井に、立花が顔を向けた。なぜか気圧されるような感覚に陥った。若手の頃から一匹狼気質で変わり者だったが、雰囲気はその頃と違う。

「契約がありますからね」

「プロレスは見限ったか」

「俺の肩書はプロレスラーですよ」

「てっきり廃業するか、スターズに行くもんかと思ってたがな」

「オファーは来てますよ。頻繁に」

「そうだろうな。待遇じゃ、ジャパンは勝負にならないだろう」

「勝負もなにも、ジャパンから接触はなかったんで」

「ないのか」

「電話一本ないですよ」

唖然とした。新田が立花に対して含むものがあるのは理解できる。しかし、スターズに対抗するのに、立花は絶対に必要な駒だった。ジャパンは恥を忍んででも立花にオファーすべきだった。

「まあ、解雇された人間ですからね、俺は」

立花が笑う。山口まで呑気に笑っていた。

「おまえ、なにをしに来たんだ？」

「あれを返そうと思いましてね」

机の上に置かれた黒革のケース。荒井は腰を上げ、年季の入ったケースを開けた。世界ヘビー級王座のベルト。ジャパンの至宝である。

「おまえ」

それ以上言葉が続かなかった。

立花はこのベルトを肩にかけ、第三十三代世界ヘビー級王者を名乗って、総合のリングに上がった。許されることではない。しかし、心が震えたのも確かだった。

「返還するなら事務所へ行け」

「移転したらしいじゃないですか。新しい事務所がどこにあるか知らないんですよ」

荒井は息を落ち着かせた。飄々とした立花を相手に熱くなるだけ無駄だった。

「ベルトを持って総合に上がることは、会社に断りを入れたのか」

「ジャパンは、佐久間がチャンピオンになったらしいじゃないですか。それなのに、ベルトは俺の手元にある。だから、いいのかなと」

「そう思ってるなら、なんで返す気になった」

「これはジャパンのものだと寺尾が言うもんで」

山口が腹を抱えて笑った。

「もういい」

立花の相手をするのが馬鹿らしくなった。

外国人側の控室を出ると、途端にシャッター音が鳴り響いた。通路は記者とカメラマンでごったがえしていた。立花の来場を聞きつけて急遽集まったのだろう。荒井は記者をかき分けるようにして本隊の控室に戻った。

控室の空気は重かった。

無理もない。立花は実質的にジャパンを潰した男である。単身でジャパンに喧嘩を売った立花を、誰も止めることができなかった。現チャンピオンの佐久間は、立花を制裁するはずが真っ先に血祭りに上げられ、無残に敗れた。三島は王者として立花を迎え撃ち、死闘の末、王座から陥落した。三島も佐久間もその屈辱は忘れていないだろう。

不穏な空気のまま、試合がはじまった。

立花は帰ったのか。それを確かめる間もなく、出番がきた。

入場して驚いた。客席がほぼ埋まっていた。リング下にはカメラマンが詰めかけている。記者が集まったように、ネットに情報が流れ、それを見たファンが当日券を求めて殺到したのか。

後楽園が埋まるのは、再始動の旗揚げ戦以来である。引退を決めたことも忘れ、荒井は仕事をこなした。

試合が終わると、二十分の休憩に入った。

控室に戻ったが、妙な予感があった。シャワーを浴びる気にならず、荒井は汗を拭いながら、モニターの前にいる森の後ろに陣取った。

観客もなにかを感じているのか、あるいは期待しているのか、会場の空気がいつもと違う。

休憩が終わり、後半戦の開始を告げる音楽が流れた。リングアナウンサーの井上がリングに上がったとき、会場から悲鳴のような歓声が上がった。

入場口から、スーツ姿の立花が現れた。

場内は大歓声に包まれた。控室まで生の声が響いてくる。立花はリングに上がると、困惑している井上の手からマイクを取り、ゆっくりと四方を見回した。

「意外に入ってるな」

立花の第一声に、観客が歓声で応えた。

「いつもはガラガラなんだろ。今日はどうした。おまえら、ジャパンを見限って、スターズに行ってるんじゃないのか」

スターズの名に反応したのか、客席からブーイングが起こった。

「俺のところにもオファーが来てる」

そう言うと、立花はスーツの内ポケットから三つ折りにした紙を取り出した。広げて客席に見せる。

「契約書だ。断るたびに額が上がる」

今度は本気のブーイングが起こった。帰れという野次も飛んでいる。

立花はマイクを持つ手を下げると、客席を見渡した。いい顔をしてやがる。荒井は思った。ブーイングを一身に浴びながらも立花は動じていない。むしろ楽しんでいる。

いつのまにか、控室にいる選手がモニターのまわりに集まっていた。佐久間もいる。三島だけがひとり黙々と試合の準備を続けていた。

帰れ。次第にその声が大きくなり、手拍子も合わさった。

大合唱になっても立花の表情は変わらない。ゆっくりと契約書を掲げ、次の瞬間、縦に引き裂いた。

爆発的な歓声が控室まで届いた。立花がマイクを口元に持っていく。歓声が止むまで、立花は口を開かなかった。微動だにしない。立花の間《ま》に、荒井は惹きつけられていた。モニターを囲んでいる選手たちも黙って凝視している。

ジャパンに上がってくれ。ファンの切実な叫び声が、静まりかえった場内に響いた。

「ジャパンからのオファーはない。新田が土下座でもすれば考えてやってもいいが」

立花の口から新田の名前が出た瞬間、荒井は息を呑んだ。新田が土下座。立花はもう完全に外の人間だった。所属選手で、そんなことを口にできる者はいない。

「聞けば、シングルのチャンピオンを決めるトーナメントがあったらしいな。誰が勝ったんだ」

立花が聞き耳を立てる仕草をする。佐久間。客は一斉に応えたが、立花はあえてリングアナの井上に近づくと、マイクを向けた。

「佐久間選手です」

「佐久間がチャンピオンなのか。おい、おかしくないか。年末の日本武道館、世界ヘビー級選手権で勝ったのは誰だ？」

観客が一斉に立花の名を叫ぶ。こんなに喋る男だったたか、と荒井は思った。立花はマイクだけで観客を手玉にとっている。

「俺は、タイトルを返上した覚えはないぞ」

立花が合図すると、黒革のケースを持った玉木がリングに上がった。取り出された世界ヘビー級ベルトを立花は掲げた。

「俺のベルトはここにある。どうなってるんだ、ジャパン。出て来い、森」

立花がはじめて声を荒らげた。思わず荒井は笑った。まったく役者だった。

最高潮に盛り上がった観客は、すぐさま森コールをはじめた。立花はベルトを肩にかけ、入場口を見つめている。森の登場を待っているのだ。

森が無言で腰を上げた。選手が続く。荒井も後を追った。

会場の熱気は凄まじかった。森が入場口に出ると、カメラマンが殺到した。

立花はリングの中央にいる。ほんの一年前、実力はありながら中堅に徹していた男が、瞬く間にプロレス界の主役に躍り出た。未来のホープだった神谷にもそのチャンスが与えられたが、ものにはできなかった。つくられたエースの脆さだった。立花は違う。自らの力で頂点に立った。ふいに覚醒し、前を塞ぐものをすべて撃破した。その闘いが本物であったからこそ、半年以上休場していたにも拘《かかわ》らず、立花が放つ光は少しもくすんでいない。

阿部と緒方が必死に前を開け、森がようやくリングに上がった。井上が慌てたようにもうひとつのマイクを森に渡す。

「ジャパンはタイトルを一新した。新世界ヘビー級王座が、ジャパンが認定するシングルの王座だ」

「断りもなくタイトルが一新されるのか」

「王座保持者《タイトル・ホルダー》は、防衛戦を行う義務がある。それができなければ、タイトルは強制的に剝奪される。怪我による欠場であっても、団体の判断により剝奪は認められる。そういう規定だ」

「それなら、なぜこのベルトを俺が持ってる？」

「そのベルトは返してもらう。ジャパンのものだ」

「防衛戦を組まれた覚えはないぞ。それなのに剝奪か？」

「欠場中だった」

「休むと言った覚えはない。オファーされたら、試合に出る準備はしてたぜ、俺は」

森の顔が赤くなった。

「どちらが本物の世界へビー級王者かはっきりさせるか？」

「ベルトを置いてさっさとリングから下りろ。解雇されたことを忘れるな」

「おまえこそ、俺に毀《こわ》されたことを忘れたのか」

立花が微妙な部分に触れた。荒井がそう思ったとき、森がマイクを投げ捨て、立花に摑みかかった。立花も動いていた。容赦ない前蹴りが森の腹に入る。上体を折りながらも、森が前に出る。

立花がベルトで森の顔面を殴打した。額が割れ、血が飛んだ。森が膝をつく。

ようやく佐久間たちがリングに上がったが、立花はすでにリングを下りていた。ベルトを手に下がっていく。半数以上のカメラマンが立花を追った。残りは額から流血している森を撮っている。

場内は騒然としていた。荒井は立花の後を追った。

立花がバックステージで記者に囲まれていた。

「佐久間選手とのタイトルマッチを要求ということですか？」

「そうだ」

「では、ジャパンに参戦するという意味でしょうか？」

「ベルトは俺が持ってるのに、チャンピオンは佐久間だという。そんな馬鹿げた話があるか。誰が世界ヘビー級王者なのかはっきりさせる。目的はそれだけだ」

「シリーズにも出るということですか？」

「出てもいいが、ジャパンはギャラを払えるのか？」

「立花さんの立場は？」

「フリーだ」

「ジャパンの所属になるつもりはないと？」

「それは、新田が土下座してもないな」

「スターズの契約書を破いてましたが」

「断ると、額が上がる。さらに上がるかもしれないだろう」

「スターズ参戦もあり得るんですね」

「俺は世界ヘビー級選手権を、スターズでやってもいい」

「まずは、佐久間選手とのタイトル戦ですか」

「二本のベルトがあるなら、ダブルタイトルマッチでもいい。勝った方が真の世界ヘビー級ベルトだ」

「ジャパンが応じなければ？」

「このベルトがいらないってことだろう。なんなら、こいつをスターズのタイトルにしてもいい」

笑って言うと、立花は外国人側の控室に入った。記者は色めき立っている。そこに血まみれの森が戻ってくるのが見えた。今度は森が囲まれる。肩を貸す篠原と塚田が前を開けるよう怒号を上げていた。

その間に、荒井は外国人側の控室に入った。

立花は椅子に座り、ペットボトルの水を飲んでいた。

「派手にやったな、おい」

「あいつの受けっぷりもなかなかのもんでしょう」

「なんだ、話ができてたのか」

「ほんとうは佐久間を呼ぼうと思っていたんですが、久しぶりにリングに上がると舞い上がって森を呼んでましたよ」

「森は突然呼び出されて、額を割られたわけか」

立花、現場監督の森を血祭り。明日の朝刊の見出しが浮かんだ。おもしろいことになる。ただ、立花はジャパンでの復帰を明言したわけではない。

「おまえ、また好き勝手やるつもりなのか？」

「去年のようなことはもうできませんよ」

「で、どうすんだ」

ほんとうかどうか怪しいものだった。いきなり現場監督の額を割るような男なのだ。

「なにがです？」

「このままジャパンに上がるのか、スターズに行くのか」

「考え中です」

「まじめに答えろ」

「俺は喧嘩を売りに来たつもりなんですけどね」

その言葉で十分だった。立花はジャパンのリングに上がるつもりでいる。いつ沈んでもおかしくない船に乗ろうというのだ。

「いいのか、それで？」

リング上で破いたスターズの契約書は本物だったのだろう。総合格闘技戦での勝利で、立花は自らの価値をさらに高めた。スターズは喉から手が出るくらいに立花が欲しいはずだ。

「まあ、あいつらがいますしね」

新田への義理ではない。三島と森がいるから。立花の答えは単純だった。友情ではない。額を割り、流血させるような関係を友情とは言わないだろう。同じ日に入門した同期。三人の関係を語るなら、その一言で足りる。血の繋がりはないが、兄弟のように切っても切れぬ特異な繋がり。

「まあ、俺からはがんばってくれとしか言えん」

「どうしたんですか」

「廃業することにした。今日、森に伝えたところだ」

「そうですか」

立花の口調が癇に障った。

「それだけか。労わりの言葉があってもいいだろう」

「もったいないとは思いますよ」

「まだやれるか?」

「そうじゃなく、俺が復帰しますからね。ジャパンはおもしろくなりますよ」

「ジャパンは、正直一年持つかかと思ってるんだが」

「あの人はそんな簡単に退かないでしょう」

新田のことだった。

「どうだかな。試合にも出ないんだぞ」

「森がどこまでやれるか見てるんじゃないですか」

「そんな余裕がどこにある。潰れたら元も子もない」

「ジャパンが潰れる危機は何度もありましたよ。それでも、しぶとく生き残ってきた」

「潰れたんだ。解散したんだぞ」

「でも、生き返った。道場がある限り、ジャパンはジャパンですよ」

「フリーが団体愛を語るな」

「いいんですよ、俺は。フリーで」

「それは、フリーの立場でいた方がいいってことか。なにか先の展開を考えてるのか?」

「まあ、そんなところです」

「会社のためになることなんだろうな」

「会社というより、業界かな」

「具体的に言えないのか」

「まだ試合もしてませんから」

部屋にいた外国人が、濡れたタオルを立花に差し出した。立花は礼を言い、手についた森の血を拭った。

「惜しいな」

「なんだ」

「復帰したら、荒井さんを誘おうと思ってたんですよ。引退するなら仕方ないですけど」

「俺に悪役《ヒール》をやれって言うのか」

「楽しいですよ」

「俺はこう見えても本隊一筋でやってきたんだ」

「知ってますよ。でも、引出しはあるでしょう?」

「おだてるな」

ヒールの引出し。当然ある。十年若ければ応じただろう。しかし、引退を決めた身だった。晩節を汚したくはない。

「俺みたいな年寄りに声をかけてくれたことは感謝するが、俺はいまのままでいい。と言うより、引退後のことで頭がいっぱいでな」

「そうですか」

「あまりむちゃをするなよ」

言って荒井は部屋を出た。

本隊の控室に戻る途中、メインの出番を控えた三島に出くわした。

「森がやられたのに、なにしてるんだ、おまえは」

三島は薄く笑みを浮かべただけだったが、眼は血走っていた。この三人の関係はよくわからない。

本隊の控室は騒然としていた。森が緒方に包帯を巻かせている。

眼が合ったが、森はなんの反応も見せなかった。

6

立花と森の乱闘劇は、紙面を賑わせた。

ジャパンの記事が一面を飾るのは、再始動の旗揚げ戦以来初めてで、その効果は如実に現れた。翌日の山梨も、その次の静岡も当日券が売れ、会場は大入りを記録した。旧ジャパン時代より一回り小さい箱とはいえ、満員の会場はやはり気分が良い。

後楽園以降、立花は姿を見せていない。一部のマスコミは巡業《シリーズ》最終戦の横浜で立花と佐久間のタイトル戦が組まれるのではないかと予想しているが、会社も現場を仕切る森もノーコメントを貫いていた。

立花の言い分は、自身こそが世界ヘビー級王者というものだが、ジャパンは再始動を機にタイトルを一新し、佐久間を新世界ヘビー級初代王者に認定している。立花の言い分を呑むわけにはいかなかった。

いずれにせよ、白黒をつける必要がある。立花と佐久間の直接対決は避けられなかった。現状では佐久間の分が悪い。第三十三代世界ヘビー級王者として総合格闘技のリングに上がり、強烈すぎるインパクトを残した立花に対し、佐久間は結果が予測できる顔ぶれのトーナメントを制したに過ぎない。その差は歴然だった。

佐久間が晴れて新世界ヘビー級王者としてファンに認知されるには、立花に勝利するしかない。しかし、いまやビッグネームの立花が、佐久間を相手に負けを呑《ダウン》むとは思えなかった。

そもそも、立花は仕事《ワーク》に応じるのか。去年のようなことはもうできないと言ったが、それが森のマッチメイクに従うという意味なのかはわからなかった。

立花はどういうスタンスで来るのか。実力は間違いないが、危険な男でもある。使い方を誤れば諸刃の剣になる。

八戦目の大宮。めずらしい男が控室に現れた。昨年から長期欠場中だった倉石だった。

「怪我はもういいのか」

「ええ」

倉石は髪が伸び、髭をたくわえていた。肌は黒く焼け、胸板はシャツが破れそうなほどに張っている。ただ休んでいたわけではなさそうだった。

「おまえが休んでいるから、佐久間に先を越されたぞ」

「わかってます」

欠場中でなければ、新王者に就いていたのは倉石であったはずだ。この世代は層が厚い。倉石、佐久間、篠原、塚田、溝口の五人に、甲斐についていった周郷、坂本、小椋、宇野の四人も、同世代に数えられていた。スターズの二軍にいる高平もそのひとりである。

そのなかでも、倉石と佐久間の二人は世代を代表する筆頭格に数えられていた。器用なオールラウンドプレイヤーである佐久間に対し、倉石は恵まれた体格と桁外れの力を持つが、試合では生かせなかった。その倉石が化けたのが、昨年の立花との試合だった。

立花はひとりで真剣勝負《シュート》の連戦を重ねており、条件はフェアではなかったが、最も立花を追い込んだのが倉石だった。その代償に倉石は右腕を毀《こわ》されたが、立花が終わっていてもおかしくない試合だった。

リングに挨拶に立った倉石は、復帰戦の相手に立花を指名した。

「おまえ、話はできてんのか」

後半戦がはじまり、二人になるのを見計らって荒井は倉石に訊いた。

乱入もマイクアピールも、勝手は許されない。新田体制の頃はそうだった。

「監督に、好きなようにやっていいと言われたので」

「思い切ったな」

「これで立花さんにスターズに上がられたら、うちは笑いものじゃないですか」

「せいぜい毀されないようにな」

「俺の方が弱いから負けた。それだけです」

十ヵ月の欠場の間に、いろいろ考えることがあったのだろう。以前の倉石はこんなことを真顔で言える男ではなかった。

「社長とは会ってるのか？」

「巡業中は道場で一緒に練習をしてました」

「まだ試合をする気はあるんだな」

荒井が引退することは、もう新田の耳に入っているのか。労《ねぎら》いの言葉などいらないが、ジャパンの現役最年長のレスラーが引退することに、新田がなにを思ったのかは訊いてみたかった。

「集中力が凄いですよ。大一番に挑む前みたいな緊張感で躰を仕上げています」

「大一番があるのか」

「それは自分なんかが訊けませんけど」

大一番。引退試合か。年齢的にも試合数からしても、新田が引退を決めたとしてもおかしくはなかった。それはジャパンにとって重大な興行になる。中堅の年寄りが引退するのとは意味合いが違う。

その日は帰宅した。女房と娘はすでに寝ていた。廃業を決めたことは、まだ女房に告げていない。それは正式に引退試合が決まってからにしようと思っていた。

年甲斐もなく若い女房を持った。女房は亭主の仕事に関心がなく、今年小学校に上がった娘は、父親の仕事を恥じている。娘がプロレスを理解する歳になるまで現役を続ける。そう考えていた時期もあったが、こればかりは致し方ない。娘が成人するまで毎月決まった金を家に入れる。男の役目はその程度だろう。

翌朝、いつもの時間に道場へ行った。

シリーズ最終戦の横浜の会場には午後に出発する。

道場に入ると、リングで三島と倉石がスパーリングをしていた。二人の汗の量から、早くから練習していたことが窺い知れた。佐久間や篠原や塚田に、阿部や緒方ら若手の姿もある。森までいた。

三島と倉石の攻防は、激しいものだった。サブミッションのみのグラウンドだが、倉石の動きが良い。倉石のベースはアマレスで、三島は木山仕込みのジャパンのレスリングである。両者ともパワーファイターで、試合では滅多に見せない動きだった。

「いつからやってんだ」

佐久間に訊いた。

「六時集合で、アップしてからずっとですね」

かれこれ二時間近くスパーリングをしていることになる。

食堂に行き、荒井はスポーツ新聞を開いた。立花と倉石の試合決定が大きく扱われていた。昨夜、大宮から戻った後で発表されたのだろう。

倉石の復帰戦だが、それよりも立花がジャパンで試合をすることが注目されていた。七月に総合格闘技戦に出場したが、立花は昨年十二月以来のプロレスのリングになる。

数日前に開催されたスターズの名古屋大会では、甲斐がリング上で立花の名前を出していた。第三十三代世界ヘビー級王者の立花に、それは自分のベルトだと豪語したのだ。

最年少戴冠記録、最多戴冠回数、最多防衛回数。世界ヘビーの記録はそのまま甲斐の軌跡でもある。ジャパンの至宝をかけたタイトルマッチがスターズのリングで行われることはあり得ないが、甲斐が佐久間の新世界ヘビーを無視した事実は大きかった。

スターズの名古屋の大会は、二軍所属選手が中心のカードが組まれていた。次回の札幌大会では、一軍昇格をかけた入れ替え戦が行われるのだという。

さらに十月には今年二回目のドーム大会を発表していた。

甲斐の立花への挑戦表明は、当然、ドームを意識しての発言だろう。

道場に戻り、荒井は眼を見張った。リング上の倉石の相手が、三島から森に代わっていた。

森は引退後、トレーナーとしてジャパンに残り、現役さながらに躰を鍛えていたが、選手との線引きは設けていた。少なくとも、新田体制下において森がスパーリングをしたことは一度もなかった。

佐久間や篠原も啞然として森の動きを見ている。

「あいつもなかなかでしょう」

荒井に気づいた三島が言った。

「復帰するつもりか?」

「まさか」

森は頸椎《けいつい》をやって引退している。首の怪我は命に響くため、復帰はない。ただ、八年前に引退した男の動きではなかった。

二本立て続けに倉石がタップした。

森の動きを見ていると、木山を思い出した。かつての道場長である。リングでは典型的な負け役《ジョバー》だったが、道場では誰も歯が立たなかった。だが、最強を掲げたジャパンの看板に固執するあまり、練習は過酷さを増し、プロレスをワークだと考える選手からは煙たがられていた。

立花、三島、森の三人は、木山が直接育てた最後の弟子である。

倉石がタップする。森の動きは、ジャパンのグラウンド技術からはみ出したものだった。木山仕込みなのだろう。森が繰り返し同じ入りで倉石を攻め立てる。倉石がかわし方を覚えると、今度はさらに違う入りで倉石の関節を捕える。

「立花対策か」

三島は聞いていなかった。上気した顔つきでスパーリングに集中している。

倉石が動けなくなった。

「代われ」

三島がリングに入り、森と対峙した。森がにやりと笑う。

木山が道場長だった時代を彷彿させる動きで、三島と森の攻防がはじまった。

ぶつかり合い、汗が飛び散る。二人だけの世界だった。

7

横浜の会場は、開場前から客が列を成していた。

当日券は完売し、急遽立ち見席を追加で用意したが、それも売り切れたのだという。

試合は全八試合。ともにプロレス復帰戦となる立花と倉石のシングルマッチは、セミファイナルの第七試合に組まれていた。

この試合は重要な意味を持つ。立花は仕事《ワーク》に応じるのか。それともまた相手を潰すような試合をするのか。業界の秩序を壊した男である。いまは照準を佐久間に合わせているが、明日になればわからない。

満員の客入りだが、控室の空気は重かった。

皆、立花に臆している。自分もそうだと荒井は思った。型にはまらない立花を異端視しながらも、どこかで畏れている。ただそれを認めたくない。

荒井の出番は三試合目だった。

水戸以来、全試合で久坂と対戦してきた。久坂はシリーズを完走したことになる。連日、相当に痛めつけているが、折れない男だった。

久坂だけでなく、荒井とタッグを組む阿部や緒方や玉木も生傷が絶えなかった。若手はそれでよかった。きれいな試合をする必要はない。

真っ向からぶつかる。久坂も負けじと返してくる。それを叩き潰す。気がつけば観客は久坂を応援していた。

最終戦も久坂からフォールを取った。

試合を終えても、荒井はコスチュームを脱がなかった。倉石は椅子に座り、眼を閉じて集中している。緊張しているのだろうが、逸《はや》る気持ちを抑えているようでもあった。

休憩に入り、荒井は外国人側の控室に向かった。マスコミはいない。玉木が門番のようにドアの前に仁王立ちしていた。

「入るぞ」

玉木が前を塞いだ。

「入れません」

「おい」

「すいません、誰も通すなと言われています」

玉木は梃子でも動かぬ顔だった。

倉石を毀すな。立花に念を押すつもりだった。ここは総合ではない。プロレスのリングなのだ。

控室に戻る途中、週刊リング編集長の寺尾がいた。

「立花に会えましたか？」

「門前払いだ」

「会場入りの前に、少し話しましたよ」

「なにか言ってたか？」

「世界ヘビーのベルトを、業界の最高位だと思っていると。それを持っている以上、ベルトに恥じない闘いをすると。誰よりも価値を高めてみせると」

「あいつがそう言ったのか」

「倉石には、格の差を証明すると」

「倉石を舐めてると痛い目を見るぞ」

「俺も同じことを伝えました。笑ってましたが」

後半戦がはじまった。

荒井は、寺尾の言葉を思い返していた。

世界ヘビー級ベルト。ジャパンの歴代の猛者《もさ》たちの闘いにより、価値を高めてきた王座。

ベルトに恥じない闘い。それはプロレスをするという宣言なのか。

倉石が控室を出て入場口に向かう。荒井はTシャツだけ着て、モニターが見える森の背後に陣取った。

六試合目が終わった。場内の異様な熱気が伝わってくる。

先に倉石が入場する。この日、一番の歓声だった。荒井の隣に、メインに出る三島が立ち、モニターを見ていた。

立花の入場を告げるリングアナの井上の声は、歓声にかき消されていた。ガウンを着た立花が画面に現れた。世界ヘビー級ベルトは腰に巻かれている。リング上でスポットライトに照らされた立花を見た瞬間、荒井は思わず身震いした。

倉石の名がコールされる。続いて井上が立花をコールしようとしたとき、立花が近づいて井上になにか耳打ちした。

改めて井上がマイクを持つ。第三十三代世界ヘビー級王者。井上のコールに観客が沸く。

立花と倉石がリング中央で向かい合う。レフェリーは山口。

倉石の筋肉の付き方は日本人離れしているが、立花も完璧に仕上がっていた。身長は立花だが、体重は総合格闘技戦のときから変わったようには見えない。おそらく九十五キロ以下だろう。倉石は百十五キロ。身長差を差し引いても倉石の方が大きく見える。

ゴングが打たれた。

その瞬間、倉石が動いた。胴へのタックル。迅《はや》かったが、立花は見切っていた。両者の位置が入れ替わり、再びリング中央で対峙する。

立花が足を開き、重心を下げた。応えるように倉石も同じ姿勢になる。呼吸が合う。両者がロックアップで組んだ。

力の圧し合いである。軽い立花が圧倒されるかと思ったが、立花がじりじりと倉石を押していた。後退した倉石が踏ん張り、押し返す。

立花が退くと同時に足をかけた。うつ伏せに倒れた倉石の上を捕り、グラウンドの展開になる。三島と森を相手に、木山流のグラウンドを叩き込まれた倉石だったが、立花は完全に倉石をコントロールしていた。

上になった立花が右腕を捕る。体《たい》を入れ替えようともがく倉石だが、立花がそれを許さない。

アームロックから腕十字に移行しようとした立花の動きに合わせ、倉石が躰を起こした。そのまま立花を押し込もうとするが、立花が右足に移行し、さらに回転してヒールホールドで捕える。

倉石の顔が苦悶に歪み、上体をばたつかせながらサードロープに逃れた。

ブレイクの合図に、立花が素直に応じる。堪《たま》らず、倉石がリング下に転がり落ちた。

気がつくと三島の姿がなかった。前に座る森の表情は見えない。

グラウンドは立花が圧倒した。いまのところプロレスらしい試合だが、倉石の逃げ方からして本気で踵を極めにきたのだろう。依然としてなにを考えているのか読めない。

倉石がリングに戻った。すでに汗にまみれていた。

再びロックアップで組む。今度は倉石が勝った。一気にロープまで立花を押し込む。ブレイクに合わせるように、倉石が胸元にチョップを叩き込んだ。倉石のはじめての攻撃だった。なおも逆水平を連打する。立花はただ受けている。反撃を狙っているのではなく、倉石のチョップの威力を躰で確かめているかのようだった。

倉石が立花をロープに振る。リング中央。戻ってきた立花を、倉石がパワースラムで叩きつけた。なおも倉石がロープに走る。ラリアット。剛腕がなぎ倒すように立花の首を刈る。

倉石が吼えた。背後から近づき、後方にジャーマンで投げ捨てる。両肩に担ぎ上げての飛行機投げ、胸を合わせてのフロント・スープレックス。倉石が投げ技を連発する。

倉石が肩で息をしていた。試合勘が戻っていないのか、飛ばし過ぎだった。一方的に攻めているにも拘《かかわ》らず、表情にはどこか焦りがある。

ブレーンバスター。立花の躰が軽々と宙を舞った。

「試してやがる」

前にいる森が呟いた。

「なにをだ」

「どこまで受けられるかでしょう」

モニターを凝視したまま森が言う。

倉石がダブルアーム・スープレックスで立花を投げ、そのままフォールに入った。カウントが入る前に、立花がキックアウトした。即座に下からの三角絞めで首を搦め捕る。

両足で絞められながら、倉石が右腕だけで立花の躰を持ち上げた。そのまま叩きつける。同時に立花が腕十字に移行した。倉石が必死の形相で足を伸ばす。かろうじてロープに届いた。

ブレイク。先に立ち上がったのは立花だった。投げ技を立て続けに食らったが、消耗している様子はない。

口を開けて息をしている倉石が立ち上がる。待ち構えていたように、立花のミドルキックが胸元に炸裂した。

一撃で倉石が後退した。立花が追い打ちをかける。右のローから左のミドル。間髪容れず、右のハイキック。立花がギアを上げたのが荒井にはわかった。側頭部に食らった倉石が前につんのめる。立花が素早く脇に入り、倉石を引っこ抜いた。弧を描くようなバックドロップで倉石を頭からマットに落とす。

説得力がありすぎる一発だった。

立花は仕留めにかかっている。荒井は無意識のうちに掌の汗を拭った。胸騒ぎがする。毀すなよ。念じるように呟いていた。

立花がうつ伏せに倒れた倉石の髪を摑み、立たせようとする。

倉石が反撃に出た。手を振りほどき、チョップを放つ。即座に立花の膝がボディに入った。さらにかち上げ式のエルボー。倉石の膝が折れた。

力の差は明白だった。倉石は立花の動きについていけていない。立花の強さは今更驚くことではないが、荒井は立花の動きに色気に似たものを感じた。休業する前にはなかった。昨年の死闘を経て得たものか。あるいは、本来持っていたものが花開いたのか。

立花が髪を摑んで倉石を引き起こし、頭を太股《ふともも》の間に挟んだ。それだけで客席が沸いた。古典的な技だが、いまや立花の代名詞になっている。

頭を固定され、腰をロックされた倉石の躰が、逆さに垂直に立った。存分に溜め、立花の両足がマットを蹴る。脳天杭打ち《パイル・ドライバー》。

立花がカバーに入る。観客の大合唱とともにカウントが三つ入った。

圧勝だった。勝ち名乗りを受ける立花は涼しい顔をしていた。

テーマ曲が止まる。肩にベルトをかけた立花が、マイクを持っていた。

「出て来い、森」

すぐさま森が腰を上げた。篠原と溝口が続く。荒井も後を追った。

森が入場口から飛び出して行く。場内は興奮のるつぼと化していた。殺到する観客を押しのけ、森がリングに上がる。荒井はリング下に留まった。

「タイトルマッチを組むのか、組まないのか。ここではっきりしろ」

「チャンピオンはおまえじゃない」

マイクを持つことも忘れ、森が怒声を上げる。倉石はまだリング上で、阿部と緒方に介抱されていた。

「ベルトを持っているのは、俺だ」

試合直後にも拘らず、立花は息が乱れていなかった。

立花がさらになにか言おうとしたとき、森が躍りかかった。篠原と溝口も加わる。そこにメインを控えた佐久間まで現れた。

「引退したことを忘れてやがる」

荒井はリング下で呟いた。溝口が立花に弾き飛ばされた。篠原が立花の腰にしがみつく。森が拳を叩き込む。現場監督の攻撃に場内が沸いた。

ゴングが乱打されているが、乱闘が収まる気配はなかった。現場を仕切る森が先頭になって暴れているのだ。

立花が篠原を振りほどこうとする。弾き飛ばされた溝口が、背後から立花を押さえた。二人に押さえつけられた立花を森が容赦なく殴る。

佐久間が加勢しようとしているのを見て、荒井はサードロープを摑んだ。

リングに入る。一瞬だが、立花と眼が合った気がした。

握りしめ、振り上げた両手を、立花を押さえつける篠原の背中に落とした。さらに溝口の首根っこを摑み、リング下に落とす。

佐久間が眼を丸くしていた。立花が動く。かち上げ式のエルボーが佐久間の顎をとらえた。さらに回し蹴り。佐久間が吹っ飛ぶのを視界の端にとらえながら、荒井は森の額に頭突きをぶち込んだ。後楽園で立花に割られた額は、テープが張ってある。連続して頭突きを叩き込むと、見る間に血が滲んだ。その傷口を狙って、立花が拳をヒットさせる。

客席の反応を気にしている余裕はなかった。ゴングだけが乱打されている。

森の額が鮮血で染まっていた。また立花と眼が合った。即座に荒井はエプロンに出てトップロープに上った。立花が森をボディスラムでマットに叩きつける。同時に飛んだ。ダイビング・ボディプレス。唯一の大技。自分というレスラーの代名詞。

全体重を浴びせる。森の躰が跳ねあがり、大の字になった。立花が血に染まった森の顔面を踏みつけた。カメラマンが殺到している。荒井ははじめて会場の凄まじい熱に気づいた。

立花に促され、退場した。

マスコミが群がってくる。喋るのは立花に任せた。訊かれたところで、答えは用意していない。

「ジャパンに言うことはひとつだ。タイトルマッチを組むのかどうか。新田でも森でもいい。さっさと決めろ」

それだけ言って、立花は控室に入った。荒井も続く。

「水くれ」

誰にともなく言うと、外国人選手がミネラルウォーターを持ってきた。

「俺が助けに入るとわかってたのか？」

「顔に書いてありましたからね」

立花の息は切れていない。どれだけの練習を積んできたのかと荒井は思った。森もだ。必殺技を浴びせてわかったが、森は筋肉の鎧《よろい》をまとっていた。ほんとうに引退したのかと疑いたくなるほど鍛え抜かれた躰だった。

「森に加勢してりゃ、俺もやったんだろうが」

立花は答えずに笑った。間違いなく、容赦なくやられていただろう。

立花に助太刀すると決めていたわけではない。リング下に駆けつけたときも、なにも考えていなかった。ただ、佐久間が現れ、森に加勢しようとするのを見て咄嗟にリングに入ったその瞬間、立花と眼が合った。それだけだった。ほとんど無意識のうちに、篠原の背中にパンチを落としていた。

「おまえの下につく前に、ひとつ訊かせてくれ」

「下じゃないでしょう」

「下だ。足軽扱いで構わん。ただ、森とどこまで話ができているのか教えろ」

立花が苦笑し、ペットボトルのキャップを開けた。

「森と最後に会ったのは、去年の年末ですよ。道場に呼び出されて、新田さんに付き合うことにしたことと、現場監督に就く報告を受けました。あいつは俺を使うと言いましたよ。悪役《ヒール》としてね。それだけです。それからは連絡ひとつない」

「今日の試合もか」

「組まれたから、やっただけです。まあ、なんで倉石なのかとは思いましたけどね。毀さなかったでしょう?」

「そりゃそうだが」

「あいつは楽しんでますよ。そう思いませんか?」

立花も森も生粋のレスラーだということか。

「今日の試合、ケツは決まってたのか」

「一流にそんなものいらないでしょう」

「それがおまえのスタンスか」

「強いやつが勝つ。それでいいじゃないですか」

「プロレスじゃねえな」

「プロレスですよ。最強たれ、と竹刀で叩き込まれましたからね」

「なにを考えてる」

「休んでいる間、業界を俯瞰して見えてくるものがありました」

「業界のためになにかやろうっていうのか」

「スターズが業界をひとつにした。そんなことは絶対にできないと思っていたことを実現させた。でも、完全じゃない。ジャパンがある限り、業界がひとつになったとは言えませんよ」

「だから？」

「外の人間にできたことが、俺たちにできないはずはない。そう思いませんか」

「どういう意味だ。スタービールだからできたんじゃないのか」

「いまは蹂躙されているようなもんでしょう。俺たち業界の人間がやって、改革は完全になる。それがジャパンで問題がありますか」

ジャパンのもとに、プロレス界がひとつになる。

夢物語だと笑い飛ばすのは簡単だった。しかし、なにがあるかわからない。それがこの世界でもある。メジャーから小団体に成り下がったが、立花がいて森と三島がいる。倉石や佐久間もいる。

外国人が荷物を持って控室を出て行った。

自分の荷物も取って来なければならなかった。立花に助太刀した以上、本隊のバスに乗るわけにはいかない。

「社長とは会ったのか？」

「いえ、一度も」

「おまえを使ったのは、森の独断か」

「でしょうね」

「客は入ってる。マスコミも増えた。森の手柄になるわけか」

吐き捨てるような口調になった。そのことに気づいたのか、立花が視線を向けてきた。

「おまえは知らないだろうが、会社は去年、選手のリストラを計画していた。査定していたのは森だ。俺もほんとうなら首を切られる予定だった」

「それを根に持ってるんですか」

「正直言えばな。会社のためなら協力するが、森のために一肌脱いでやろうって気にはならん」

器が小さいのだろう。これが新田や岩屋に言われたのなら、諦めがついたかもしれないが、親しくしていた森に不必要の烙印を押されていたのだと思うと、裏切られた気分だった。

「俺もリストラ候補でしたよ」

立花が笑った。

「岩屋に、第一号だとはっきり言われましたからね。正確には二号かな。一号は森なんで」

「どういう意味だ?」

「リストラの査定役をする条件に、あいつは自分の首を切ることを呑ませた。次が俺です。半数を切るって話だったみたいですから、まさか自分だけ残るわけにはいかなかったんでしょう」

「森が自分をか」

「あいつはそういう男ですよ」

口にしたことを恥じた。査定をするかわりに、自分も退社する。いかにも森らしいけじめのつけかただった。

時代が変わったのだと荒井は思った。若造だと思っていた後輩たちが、いつのまにかプロレス界を背負う器に成長している。

「これからも、おまえと森の抗争で行くのか」

「あいつはもっとどでかいものを考えてると思いますけどね」

「なんだそれは」

「少人数の団体内でやり合っても、たかが知れてるでしょう」

他団体との抗争。しかし、業界で活動しているのはジャパンとスターズだけだった。

「大風呂敷を広げるな」

「かましてなんぼですよ、この世界は」

スターズに喧嘩を売る。現実味はないが、一寸先は闇だった。実際、甲斐は立花の名を出した。場合によっては、スターズが無視できなくなる事態が生じるかもしれない。

「森とはいずれ話すんだろう」

「時期がくれば」

とりあえずの立花の目的は、誰が真のチャンピオンか白黒をつけることだろう。

「なぜ、俺を誘った」

「まあ、気心が知れてますから」

「五十過ぎだぞ、俺は」

「まだやれますよ」

「引退を決めた身だ」

「いいじゃないですか、撤回すれば」

「簡単に言うな」

立花が笑って腰を上げた。

現役生活の最後に、派手に暴れる。三十五年、愚直にやってきた。一度くらい勝手をしても許されるだろう。

晩節を汚す。それも、自分というレスラーにふさわしいような気がした。

首抜き

1

関係者用の出入口前に、二台の選手バスが並んでいた。

タクシーを降りると、緒方が待ち構えていた。新田は黙って荷物を渡した。

本隊の控室に入ると、一瞬で空気が変わるのがわかった。篠原と塚田が慌てて立ち上がって挨拶する。

森は、モニターの前にいた。かつての新田の指定席である。

「お疲れさまです」

「堀南さんは？」

「ついさっき、ロビーにおられました」

緒方が後ろから言った。

「先に挨拶しとくか」

仙台だけでなく、東北一帯で昔から世話になっている興行主《プロモーター》である。

控室を出ると、森もついてきた。ロビーに向かう。すでに開場し、物品売り場は観客が列を成していた。売り場を担当する興行スタッフの威勢の良い声が響いている。

緒方が売り場の行列を眺めている堀南を見つけた。気づかれれば騒ぎになる。緒方が躰を小さくして堀南に声をかけ、新田のところに連れてきた。

堀南は満面の笑みだった。

「見てくれ、大入りだ」

堀南が仙台の試合会場を変更すると言いはじめたのは、先シリーズ、立花が後楽園ホールに現れた翌日だった。その時点で、興行まで三週間を切っていた。

チケットはすでに売りに出している。会場変更には反対したが、払い戻しまで含めてすべて責任を取るから、と堀南は強引に推し進めた。

千人規模の会場から、東北で最もキャパシティーのある会場への変更である。すでに販売済みのチケット席を、変更した会場にどう割り当てるかだけでも手間のかかる仕事だった。幸い、トラブルはなく、しかもチケットの売れ行きは好調だと聞いていた。

堀南と歩きながら、途中、会場を覗いた。物品売り場に並ぶ行列を加えると、試合前に七割近くは埋まりそうだった。

「変更して正解だったろう?」

堀南が言う。

「かなり無理をしたんじゃないですか?」

「立花がジャパンに上がった記事を見て、ここの日程を調べた。運良く空いてた。直感だな。すぐに押さえた」

立花の後楽園来場が理由というのが癪だが、再始動後、ジャパンがこの規模の会場でやるのははじめてだった。

「他はどんな具合です?」

「順調だ。大入りは間違いない」

東北と北海道を回る全十三戦の巡業《シリーズ》だった。そのうち仙台を含めた東北地方の四大会が、堀南による興行だった。

「弘前の後は打ち上げだ。社長も来てくれ」

「できるだけ行くようにします」

「なんなら、試合に出てくれてもいいが」

「それは約束できないですが」

「そういって、札幌で試合をするんじゃないだろうな」

「このシリーズはありませんよ」

互いに笑い、堀南と別れた。

二十年以上の付き合いがある堀南だが、ジャパンの解散宣言後は、興行からの撤退を告げてきた。再始動にあたり、二度堀南のもとを訪れた。一度目は再始動の挨拶、二度目は興行の売り込み。堀南の反応は渋かったが、最後は折れた。

「上機嫌でしたね」

森が言う。それを無視して新田は本隊の控室に戻った。

三島の姿があった。倉石と佐久間が挨拶にくる。篠原、塚田、溝口に若手の阿部と緒方。他にフリーの選手なのか、見知らぬ顔がいくつかあった。

「玉木は？」

「向こうの控室にいます」

森が言った。外国人側。立花がいる控室だった。

た。

「マスコミが多いので自発的についていています」

インディーの連中にやらせろ。その言葉を呑み込んだ。現場は一任する。森との約束だった。

モニター前の森の隣に椅子が用意されていた。

荒井が立花についた。荒井のようなロートルがなにをしようと関心はないが、若手の玉木が立花に感化されるのは見過ごせなかった。

先シリーズ、後楽園での立花の来場も、最終戦での倉石との試合も、すべて事後報告だった。立花の後楽園来場を、森は聞いていなかったと言うが、最終戦で立花と倉石のカードを組んだのは森である。

森はトレーナーの頃より明らかに躰が大きくなっていた。それまでも躰は鍛えていたが、リングに上がることを想定していたとしか思えなかった。額にはまだ新しい縫い傷がある。立花に割られた傷だった。

選手ではない森と、フリーの立花の抗争。それをシリーズの目玉にしていいのかという疑問はある。しかし、後楽園以降、観客動員数はうなぎ登りだった。再始動後、キャパシティーを下げた会場を使い、それすらも埋まらなかったが、堀南のように会場の規模を上げて勝負できるまでに売上は急激に伸びていた。

それが立花に因るものだというのが腹立たしかった。

フリーの選手たちが来て、順に挨拶していく。昨年まで所属していた団体を言われても、わからなかった。これまでインディーの連中を同じレスラーとして見たことはない。

今シリーズから外国人が増えた。新たにイギリスとドイツの団体と業務提携を結んだ。参戦するのは、新田が現地で視察し、ジャパンのレスリングに順応できると踏んだ選手だった。招聘したなかには、団体のトップ選手もいる。

さらには練習生の受け入れも決めていた。日本人と同じく瀬田の寮で暮らし、ジャパンのレスリングを学びながらデビューを目指す。両団体には、ジャパンからも選手を送り出す予定だった。いま頭数が減るのは痛いが、先を考えるなら若手には海外で経験を積ませておきたい。阿部、緒方、玉木のうち、誰を行かせるか。あるいは誰を残すか。

選手は大幅に減ったが、若手が三人残った。同世代で最も将来性のある神谷はジャパンを去ったが、それは考えても仕方なかった。ある駒で勝負するしかないのだ。

会場に顔を出すのは久しぶりだった。

仙台まで呼ばれたが、試合は組まれていない。三月の再始動から五ヵ月。新田がリングに上がったのは、都内と大阪の二度だけだった。

社長室でふんぞり返っている余裕などなかった。スポンサー企業に営業をかけ、全国のプロモーターに直接会い、興行を売り込みに行く。休みはおろか練習時間の確保すら難しい日々を送っていた。

ジャパン創立者の未亡人から株を買い取り、晴れてオーナーになったが、テレビをはじめスポンサーは離れ、選手も社員も去り、会社の規模は大幅に縮小した。タニマチの多くにも見切りをつけられた。タニマチの助けを当てにしていなかったと言えば嘘になる。しかし、落ち目に見られていると思うとそれすらも痛快だった。

後半戦がはじまる。

メインイベントは、佐久間と立花のタイトルマッチである。旧ジャパンの第三十三代世界ヘビー級王者を名乗る立花と、新生ジャパンが認定した新世界ヘビー級初代王者の佐久間との正統な王者を決める一騎討ち。

この馬鹿げた試合は、ジャパンの本意ではなかった。組まざるを得なかったのだ。タイトルを一新し、新世界ヘビー級王座を新設したのは森の案である。巡業には核となる存在が要る。佐久間らの世代に戴冠させるのはいい。しかし、世界ヘビーは国内で最も権威のあるタイトルだった。歴代王者のなかには新田の名もある。世界ヘビーの名称はそのままに、二代目ベルトを製作するべきだという声もあったが、森は断固として反対した。世界ヘビーがある限り、ジャパンから甲斐の記憶は消えない。なによりも、立花の扱いをどうするのか。最後は森の一言でタイトルの一新が決まった。

そこからはすべて森に任せた。倉石の復帰を待たないのかとは思ったが、少ない人員で苦戦している森に口出しすべきではないと控えた。

新世界ヘビー級王座と名づけた初代王者を決めるトーナメントは、佐久間、篠原、塚田、溝口の四人で争われた。本来なら壁となるはずの三島は出場しなかった。優勝は佐久間。大番狂わせはない、妥当な結果だった。

しかし、想定外の事態が起こった。立花が旧世界ヘビーのベルトを持って総合格闘技のリングに上がったのだ。

イギリスの団体と業務提携を結ぶため渡英中のことだった。

封印したベルトは、当然事務所で管理しているものだと思っていた。帰国した足で事務所へ行き、社員を集めて問い詰めたが、誰もベルトの在処《ありか》を把握していなかった。

森も知らなかったと言い張った。それを信じるかどうかよりも前に、ベルトの回収が先だった。立花は堂々と第三十三代王者を名乗ったのだ。

立花の劇的な勝利に、佐久間のベルトは色褪せた。歴代の世界ヘビー級王者の死闘が刻まれたベルトと、まだ防衛戦すらしていない真新しいベルトでは、重みも、ファンの思い入れも当然ながら違う。

そして立花がジャパンのリングに現れた。

立花が正統な王者を主張し、森の額を割る記事を見て、森に一杯食わされたのだと気づいた。森は仕掛け《アングル》を否定したが、新世界ヘビー創設からの一連の流れは、立花にリングに上がる口実を与えたようなものだった。

立花と森の乱闘劇は大々的に報じられ、皮肉にも動員に結びついた。森は観客の熱に押し切られるかたちで立花の試合を組んだが、森にしてやられたという思いは拭いきれなかった。

セミファイナルがはじまり、スーツの上着に袖を通した。

新田の役目は立会人である。立花の世界ヘビーと佐久間の新世界ヘビーをかけたダブルタイトルマッチ。勝利した方のベルトがジャパンの正式なタイトルとして認定される。

立会人が試合をしたのでは格好がつかない。納得しているが、いいように使われている気分は否めなかった。

控室を出ると、森がついてきた。

「試合はどういうマッチメイクになってる」

いまの立花は比類のない存在だった。誰がマッチメイクをしても、立花の勝利は不動だろう。ただ、佐久間にも面子がある。顔を潰すような真似は許されない。

「段取りはなしです」

新田は足を止めた。

「立花が蹴ったのか」

「最強を決める闘いに、段取りはいらないでしょう」

「なにを言ってる」

「これが俺のマッチメイクです」

森は本気の顔だった。

「試合になるのか」

「あいつはレスラーの矜持は捨てませんよ」

歓声が一際大きくなり、ゴングが鳴った。出番だった。

「処分は覚悟しろ」

セミファイナルの選手が引き上げてくる。森に吐き捨て、入場した。今でも歓声の大きさは誰にも負けていない。超満員の観客だった。間違いなく再始動後、最大の動員である。この大一番に試合が組まれない。森に選手として見られていないと思うと、それもまた腹立たしかった。

入場は佐久間が先だった。新世界ヘビー級ベルト。歴史ある初代ベルトに比べると、どうしても見劣りする。しかし、ベルトの価値は王者が高めていくものだ。佐久間の踏ん張り次第で、いかようにも輝く。

リングアナの井上が立花の入場を告げる。地鳴りのような歓声が会場を支配した。観客が総立ちのなか、玉木に先導されながら立花が入場してくる。

「おい、かましてやれ」

佐久間に近づき耳元で囁いた。

「秒殺でもいい。潰せ」

佐久間が視線を立花に向けたまま、小刻みに頷く。呑まれている様子はない。昨年の立花の制裁マッチでは、初戦に佐久間を当てた。初戦で終わらせるつもりで佐久間を行かせたのだ。しかし、返り討ちにされた。立花はジャパンのリングでは一度も見せたことのない非情なファイトで佐久間を血だるまにした。立花はその一戦で化けた。

立花がリングに上がる。ジャパンを背負ってきた者たちが守り抜いてきた初代ベルト。このベルトは封印する。咄嗟に決めた。フリー風情が持つものではなかった。

二本のベルトを受け取り、井上の隣に用意された席についた。リングサイドにはプロモーターの堀南の姿もある。

井上がゴングを打ち鳴らした。

試合は静かな立ち上がりではじまった。

ロックアップからグラウンドの攻防。リングを立体的に使った動きはないが、高度な技術の応酬だった。佐久間は負けていない。

緊張感に満ちた攻防に、客席は静まり返っていた。

五分過ぎ、佐久間が仕掛けた。バックの取り合いから、佐久間が執拗にスリーパーを狙う。立花の意識が上に向いたところで、素早く股を潜り抜け、右足首を捕った。両者とも序盤から見せかけのグラウンドではなかった。危険を察知した立花が、躰を回転させながらキックを放ち、逃れようとする。

佐久間はそこまで読んでいた。蹴りをかわし、強引にジャーマンで背後に投げる。えぐい角度で、立花がマットに落ちた。

佐久間が畳みかける。立花の足を固定してからのフェイスロックで顔面を絞めあげる。井上がゴングを鳴らせるよう木槌を手にした。佐久間がさらに絞り上げる。立花が腕だけで前に出る。右手がサードロープに届いた。

勝機と見たのか、佐久間がギアを上げた。垂直気味の変形ブレーンバスターからパワーボム。全体重をかけて覆いかぶさるようにそのままフォールへ行く。

カウント・ツーで立花が返した。佐久間がもう一度フェイスロックの体勢に入る。ロックが極まるよりも早く立花が逃れ、佐久間の上を捕る。

立花がスリーパーを狙うが、佐久間はガードしていた。立花が佐久間の背後から前面に回り込み、フロントネックロックに移行する。立花は躰の大きさをうまく使っていた。佐久間はきつい体勢である。

佐久間が立とうともがく。立花がそれを許さず、フロントネックロックから羽根折り固めへチェンジする。

井上は木槌を持ったままだった。新田は本部席に置かれた二本のベルトに眼をやった。最強を決める闘いに段取りはいらない。森の言葉を思い返した。

ジャパンは最強の看板を掲げてきた。そして、その言葉に縛られ続けてきた。最強などまやかしである。新田はその幻想を排除した。最強を掲げる以上、ジャパンはいずれ自滅する。予想は正しかった。もしも最強の看板を掲げたままでいたなら、総合や立ち技を無視できなかった。

最強という言葉には、甘美な響きがある。ジャパンにも幻想に囚われたレスラーはいたが、総合への参戦は許さなかった。関わらなければ、ジャパンの屋台骨が揺らぐことはない。逃げたのではない。その判断がプロレスを守ったのだ。

佐久間が立花を担ぎ上げ、後方に投げた。

踏ん張りの利かない足で佐久間がラリアットに行く。立花がそれを受ける。

馬鹿が。胸のなかで呟いた。勝負に徹するなら技を受けず、決めてしまえばいいのだ。

佐久間が雄叫びを上げた。二発目のラリアット。立花の前蹴りがカウンターで顔面を捕えた。太股《ふともも》、腹、胸。立花の強烈な蹴りが連続してヒットする。ふらつく佐久間の側頭部にハイキックが炸裂した。棒のように倒れる佐久間の懐に立花が入り、腰をロックする。引っこ抜く。高角度のバックドロップで投げられた佐久間が手足を投げ出した。

最後は脳天杭打ち《パイルドライバー》。しっかりと溜め、一気に突き刺す。静から動。誰も使わなくなった古典的な技も、魅せ方ひとつでフィニッシュ技になる。

立花がフォールに行く。呼応する観客の叫び声とともにカウントが三つ入った。

第三十三代世界ヘビー級王者として初防衛、並びに新世界ヘビー級第二代王者。二冠王だった。これで立花の世界ヘビーがジャパンの正式なタイトルとして認定されたことになる。

認定書を読み上げ、二本のベルトを立花に渡した。

「ジャパンのベルトだ。それを忘れるな」

佐久間が肩を借りて下がっていく。

新田がセカンドロープに手をかけたとき、ひとりの男が客席から柵をまたいで花道に出てくるのが見えた。

客席の一部がざわめく。リングに近づいてくるのを、慌てて緒方と玉木が止めに走った。

「叩き出せ」

リング上から声を荒らげた。稀に不届き者がいる。客であろうと容赦はしなかった。

緒方と玉木が動きを止めた。

乱入してきた男が帽子をとる。驚愕の声が客席から上がる。スターズの一ノ瀬だった。旧AWFの不破と並ぶ大物である。

「どうなってる」

「わかりません」

井上も事態を呑み込めていなかった。森からはなにも聞いていない。

場内は騒然としている。リング下ではカメラマンが群がり、小競り合いが起きていた。

リングエリア内に入ってきた一ノ瀬がエプロンに立った。

入ってもいいか、ジェスチャーで新田に尋ねてくる。

「来いよ」

背後で立花が言った。

一ノ瀬がリングインした。

「俺に用か?」

立花がマイクで言う。井上が新田の顔を窺いながら、マイクを一ノ瀬に差し出した。

一ノ瀬がマイクを取る。眼が血走っていた。

「強いやつとやりたくて来た。立花、俺の挑戦を受けるか」

耳をつんざくような大歓声が起こった。

フリーと他団体の人間が我が物顔でいるが、ここはジャパンのリングである。

新田は前に出た。

「なにを勝手に抜かしてる」

対峙するはずが、一ノ瀬は新田を素通りし、立花の前に立った。

「おい」

思わず出た声は、歓声にかき消されていた。

2

一ノ瀬のジャパン来場は、大々的に報じられた。

これまで旧ＡＷＦのトップが、ジャパンのリングに上がったことはない。なによりも、一ノ瀬はスターズ初の離脱者だった。試合に出られない二軍、三軍所属の選手が抜けるのとは意味合いが違う。正真正銘のトップ選手なのだ。

スターズ側は即座に反応し、一ノ瀬がジャパンで試合をすることはないと断言した。場合によっては訴訟も辞さないという強気な姿勢だったが、一ノ瀬がスターズとの契約の中身を明かすと、一気にトーンダウンした。以降、表立ってコメントは出していない。

その一ノ瀬が眼の前にいた。

仙台から三日。玉川の事務所の会議室である。

「スターズとの試合は、試合ごとの契約で間違いないんだな」

「ええ」

一ノ瀬が答える。寡黙な男だが、独特の空気を纏《まと》っている。

スターズとの契約内容については、顧問弁護士にも確認させていた。

契約上、一ノ瀬がジャパンで試合をすることに問題はない。ただ、社内の意見は慎重を求める声が多かった。ジャパンはいまだ軌道に乗ったとは言えず、ここでスターズと事を構えることに社員の多くは反対していた。一ノ瀬にまつわる業界内のさまざまな噂から、拒絶反応を示す者もいる。

東北を巡業中の森は、新田が判断する案件だと下駄を預けてきた。

確かに、最後に決めるのは自分である。しかし、スターズとやり合う覚悟があるのか、森に問われているようでもあった。小癪なという思いはある。

プロモーターの視点で考えれば、一ノ瀬の参戦は逃すべきではなかった。だが、間違いなくスターズの怒りを買う。場合によっては命取りになる。

「うちに上がるとしたら、どういう契約を希望だ？」

「スターズと同じ契約ですかね」

「試合ごとという意味か？」

「ええ」

「巡業《シリーズ》に参加するつもりはあるのか」

「ないですね」

スターズは月に一度の興行しか打っていない。試合数の少なさが不満で離脱したわけではないのか。

「スターズには他にも同じ契約がいるのか」

「さあ、それはなんとも」

「年間契約の話は当然あったんだろう？」

「そうですね」

「なぜ、試合ごとの契約にした？」

「守りに入りたくないんで」

試合ごとにオファーし、契約を交わす。要はフリーランスだが、スターズ側がそれを求めたとは思えなかった。一ノ瀬が要求し、スターズ側が呑まされたのだろう。

「契約に縛られるのが嫌か？」

「よかったですよ、蹴って。立花が合流するって話だったのに、まんまと騙されましたから」

ＡＷＦの分裂以降、一ノ瀬は幾度か団体を興し、潰している。ここ数年は所属団体こそあるが、活動実績のない幽霊団体で、実質的にフリーランスだった。試合からも遠ざかり、一部では事実上の引退状態にあるとみなされていた。

この男をどう使うか。一ノ瀬の動向が注目を集めているいま、次期シリーズまで引っ張るのは愚策だった。ただ、一ノ瀬の目的は立花である。所属選手ではないとはいえ、現王者の立花との試合をいきなり組むべきなのか。

立花対一ノ瀬。客を呼べるカードである。今シリーズに、二人のシングルに相応しい会場はない。しかし、タッグの前哨戦は立花も一ノ瀬も呑まないだろう。

「先に金の話をするが、うちはスターズほど出せん」

「いくらでもいいですよ」

「金には興味がないか」

「そこにこだわったことはないですね」

本音ではあるのだろう。しかし、愚直に強さだけを求める男だという印象もない。この男はどこか捻《ね》じれている。毀《こわ》れていると形容するのが正しいのかもしれない。

「スターズの次の大会は、札幌だな」

「ええ」

「同じ日に、うちも札幌で興行がある。最終戦だ」

一ノ瀬の眼が光を帯びた。

「ジャパンに出てもいいですよ」

「出るに値するカードならか？」

一ノ瀬が無表情で頷いた。暗に、立花との試合を組めと言っている。

最終戦とはいえ、小規模の会場で組むカードではなかった。プロモーターとして考えれば惜しい。しかし、一ノ瀬をジャパンに上げるなら、同じ札幌で興行がバッティングするその日を逃す手はなかった。森はそこまで見込んで、判断を委ねたはずだ。

「スターズを蹴ってジャパンに上がれば、おまえもただじゃすまん。それでもいいのか」

「契約上問題ないんでしょう？」

本気で言っているのなら、己の立場をわかっていなかった。スターズの興行がある日に別のリングに上がるなら、契約内容に関係なくそれは完全な離脱である。

自由を気取るのは勝手だが、一ノ瀬の主張は業界では通らない。契約の不備は理由にならない。一ノ瀬の行為は紛れもなく裏切りである。

「なぜ、立花にこだわる？」

背もたれに背中を預けていた一ノ瀬が躰を起こした。

「去年のジャパンと立花の抗争、見てましたよ。自分の理想とするプロレスを体現されたと思いました」

「どういう理想だ？」

「単純に、強いやつが勝つ。それだけです」

仕事《ワーク》ではなく真剣勝負《シュート》ということか。立花への挑戦を求めていることからして、一ノ瀬がプロレスの枠から外れた闘いを望んでいるのは明らかだった。

「格闘技でもスポーツでも、強いやつが勝つじゃないですか。プロレスは違う。俺は自分より強いやつに負けるのはいいんですよ。実力ならね」

嬉々として一ノ瀬が語る。清々しいというよりも、どこか危うかった。

似たようなことを言って、プロレスを離れたレスラーは過去にもいた。しかし、いかなる格闘技も、金を取って観客を集める見世物である以上、主催者の思惑はどこかで作用している。興行とはそういうものだ。

一ノ瀬は団体の経営を経験していながら、青臭いことを抜かしている。少なくとも、二十年近いキャリアのレスラーが吐く言葉ではない。

「立花となら、理想とするプロレスができると思うんですけどね」

「スターズではできなかったのか」

「運営が素人ですから」

スターズの運営の顔ぶれは知らない。ジャパンの前代表の伊刈が運営にいることは聞いているが、伊刈にしても元は業界の人間ではなく金融屋である。

「甲斐や不破がいるだろう」

「甲斐は、良い試合はしますけど、俺とは合わないでしょうね。お互いのプロレス観が違うんで。不破は、俺とはやりませんよ」

ＡＷＦは、ジャパンよりも世代交代が早かった。ジャパンには甲斐がいたが、不破と一ノ瀬のように、甲斐のライバルに成りうる存在がいなかった。だからこそ脅威だった。もしも、不破と一ノ瀬の対立がなければ、その後のジャパン一強の時代はなかったかもしれない。それほどに不破と一ノ瀬の試合は激しく、他の追随を許さないクオリティを誇っていた。

甲斐と不破。ともに天才と称されるが、不破を光らせたのは、紛れもなく一ノ瀬の存在だった。ＡＷＦの不運は、不破と一ノ瀬の関係が抜き差しならない状態にまでこじれたとき、両者の間に入れる人間がいなかったことに尽きる。

結果として両者は袂を分かち、ＡＷＦは崩壊した。俯瞰すれば、業界の衰退はこのときからはじまった。決して交わることはなかったが、ジャパンと双璧の存在だったＡＷＦの終焉は、業界にとって痛手だった。

契約書を一ノ瀬の前に滑らせた。

「札幌で、決まりでいいか？」

「立花戦ですよね」

「カードは森が決める」

一ノ瀬が躰を引いた。

「ここで決まるのかと思いましたよ」

「現場は森に任せてる」

「それなら、森を呼んでくださいよ」

「東北だ」

「じゃあ、ここに来た意味がなかったですね。二度手間だ」

一ノ瀬の口調に一瞬かっとしたが、堪《こら》えた。

「うちにも面子がある。後から反故にされても困るんでな」

「俺はおもしろければいいんですよ。サインした以上、契約を破るような真似はしませんよ」

視線が合う。どこか挑発的な眼差し。この男は不快だった。相容れることはない。そう確信させるなにかがある。

「吐いた言葉は呑みこむなよ」

携帯を出し、森の番号を鳴らした。時計を見る。まだ会場には入っていないはずだ。

森は三回目の呼び出し音で出た。

「一ノ瀬が前にいる」

「はい」

ホテルの部屋なのか、電話の背後は静かだった。

「札幌をオファーした」

森がかすかに息を漏らした。一ノ瀬を使うにしても、札幌以外ならスターズに対してかろうじて言い訳が立つ。しかし、興行がバッティングする札幌になれば話は別だった。完全な宣戦布告である。

「札幌ですね」

念を押すように森が繰り返した。新田が札幌を指定したことに驚いたのではなく、安堵した。そんな口調だった。

「サインするには、対戦相手が条件だ。カードを決めるのはおまえだ。いま決めろ」

「一択しかないでしょう」

「いいんだな、それで」

客を呼べるカードである。札幌では惜しい。一ノ瀬が眼の前にいなければ口にしていた。

電話を切った。

「決まりだ」

一ノ瀬が頷き、ペンを手にした。

森と一ノ瀬にいいようにしてやられたような気分だった。

「札幌の前に、もう一試合どうだ」

「前哨戦ですか？」

「おまえらに前哨戦はいらないだろう。別に相手を用意する。五日後の弘前でどうだ」

「相手は？」

「必要なら、いま森に決めさせる」

「シングルなら誰でもいいですよ。毀《こわ》すかもしれないけど、構いませんか」

段取りのある試合はしない。そういうことだろう。

「構わん」

「じゃあ、弘前も追加で」

「対戦したい相手はいるか？」

「三島ですかね。立花とやったときの三島ですけど」

「他には？」

「特にいないですね」

睨みつけた。自分を前によくぞ言った。仙台のリングでは、明らかに無視された。その屈辱は忘れていない。

「契約書を作り直す」

「このままでいいですよ。書き加えてください」

「契約は守れよ」

「試合に穴を開けたことはないんですよ」

弘前戦を書き加えた契約書に一ノ瀬がサインし、腰を上げた。

「スターズの名古屋には出なかったそうだな」

「干されてるんで」

なんでもないことのように一ノ瀬が言う。事実なのか冗談なのかわからなかった。

「これでスターズに戻れば、去年の立花と同じ立場だな」

一ノ瀬がにやりと笑った。裏切り者として制裁される。立花とジャパンの潰し合いはそこからはじまった。

「それが狙いか?」

「さあ」

「ジャパンがおもしろければいいな」

「期待してます」

一ノ瀬がドアの向こうに消えた。しばし耐え、それから振り上げた拳を机に叩きつけた。

岩屋が入ってきて、割れた長机を見て顔をしかめた。

「交渉決裂かと期待したが、違うんだな」

「一ノ瀬は使う」

岩屋が契約書を手に取った。

「弘前と札幌か。誰がやるんだ」

「カードを決めるのは森だ」

岩屋が椅子に座り、煙草をくわえた。

「森は、ほんとうに絡んでないのか?」

「森はそう言っている」

岩屋が気にしているのは、一ノ瀬のジャパン参戦が森のブッキングなのかということだった。岩屋の現在の肩書は企画部長だが、ブッカーとしての顔も持っている。

仙台での一ノ瀬来場を手配したのは森以外に考えられなかった。

事前に一ノ瀬の来場を明かさなかった理由ははっきりしている。新田がどう出るか読めなかったからだ。いかなる事情があろうと、一ノ瀬をジャパンのリングに上げるなら、それは引き抜きと捉えられる。つまりは、スターズへの宣戦布告になる。

森が先に既成事実を作ろうとした考えは理解できる。森に対する処罰はまた別の話だった。

「スターズがどう出てくるかだな。勝負できるのか」

「遅かれ早かれ、スターズとは事を構えた」

本音を言えば早かった。立花の参戦で観客動員は伸びているが、甲斐が抜けた昨年よりも売上は大幅に落ちている。頼みの綱が立花というのも皮肉だが、立花の立場はあくまでフリーランスだった。しかも、立花とジャパンには深い因縁がある。立花の参戦は、スターズには脅威でも、ある意味爆弾を抱えているに等しい。

そこにさらに一ノ瀬が加わる。扱い難い男であるのは耳にしていた。実際に会って話した印象も噂と違わなかった。業界を代表するメインイベンターのひとりだが、飼い馴らせる男ではない。

「俺は得策とは思えん。立花にしても、このまま使うのか」

「ベルトを持っている以上、仕方ない」

ジャパンの再始動後、岩屋はブッカーとして機能していない。ジャパンの一強時代は強気な交渉ができたが、現状は違う。

アメリカの団体との業務提携も切れた。外国人レスラーの招聘は、本来岩屋の仕事であるはずだが、メインレフェリーの山口が持つ独自のルートに頼っていた。新たにイギリスとドイツの団体と業務提携を結んだが、まとめたのは新田で、岩屋は関与していない。

これまで数々のビッグマッチを実現させた手腕があるが、岩屋は参謀として能力を発揮する男だった。森と組ますことも考えたが、岩屋が拒絶した。森のことは認めていない。現場監督就任にも最後まで反対していた。

その森が、立花と一ノ瀬をブッキングした。岩屋が焦り、半分腐っているのは見て取れた。

社長室に戻り、森の携帯を鳴らした。

「一ノ瀬の件だ。札幌の前に弘前を追加した」

「当然、シングルですよね」

「弘前は俺が行く」

森が口籠った。

「俺じゃ役不足か？」

「まさか」

「それなら問題ないな」

「発表はまだ待ってもらえますか」

「なにを待つ必要がある」

「ルールを含め、一度、一ノ瀬と話をさせてください」

「あいつは立花に感化されてジャパンに上がるんだろう。シュートでいい」

「社長にそんな真似はさせられませんよ」

「森」

なにか言おうとした森を遮った。

「ここは呑め」

有無は言わせない。決めたことだった。

「今晩、発表する」

電話を切った。

スケジュールを調整できるのは、五日後の弘前しかなかった。はじめから一ノ瀬との試合を考えていたわけではない。ただ、ＡＷＦでトップを張っていた男がどれだけのものなのか知りたくなった。

弘前までのスケジュールを確認する。試合に備えた練習時間は取れそうにない。弘前の翌日は大阪だった。

負け役を務めるつもりはない。一ノ瀬が噂ほどでなければ、食らうだけだった。

3

堀南が上機嫌だった。

「これだけのマスコミを見るのははじめてだ」

開場前だが、仙台を上回るマスコミが集結していた。チケットはソールドアウトである。興奮してまくしたてる堀南を、新田は適当にいなした。

これで堀南がプロモートする四大会すべてが大入りだった。この貸しは大きい。

リング上では、三島と倉石がスパーリングを繰り広げていた。

昼過ぎに弘前に入り、その足で会場入りした。まだリングの設営中だったが、新田の到着を知ってか、本隊の選手が揃うまで時間はかからなかった。

三島の仕上がりが良い。再始動後、目立った働きをしていないが、ジャパンの顔である。いつまでも休ませておくことはできなかった。

会場の隅に、立花の姿があることに気づいた。腕を組み、リングに視線を注いでいる。

三島をどう使うか。森の頭には当然それがあるはずだ。立花に絡ませていくのか。それとも、三島を軸にした別のストーリーを展開させるのか。

外国人とフリーの練習時間になり、控室に戻った。

「来ているのか」

森に訊いた。

「会場入りしています」

一ノ瀬である。航空チケットは手配していたが、実際に来るのか若干の不安があった。

「ひとつ言っておくが、俺の試合の後に、くだらん真似はするなよ」

「わかっています」

試合後に立花をリングに上げ、札幌での対決を決める。盛り上がるだろうが、試合は真剣勝負《シュート》である。仕込みは必要なかった。

レフェリーの青木に呼ばれ、森が控室を出て行った。

再始動後、試合は限定していた。シングルマッチは、昨年の立花戦以来になる。習性としてトレーニングは続けているが、満足な練習はできていない。試合勘は鈍っている。しかし、ブランクは言い訳にならない。一ノ瀬にしても、スターズに参戦するまでの何年かリングを離れている。スターズでもこれまで三大会に出場したに過ぎなかった。

この試合が発表されたとき、マスコミの関心は立花戦がいつ実現するのかに向けられていた。初戦で、一ノ瀬が躓《つまず》くことはないと誰もが見ている。それがいまの自分に対する評価だった。半リタイア状態と見られているのは仕方なかった。年齢的にも終わりは近い。

興行的に考えれば、立花への挑戦を表明した一ノ瀬がここで負けることはありえない。仕事《ワーク》なら、一ノ瀬相手に寝ることは構わない。しかし、シュートである。負けてやるほど枯れてはいなかった。

　森が戻ってきた。

「社長、ルールミーティング、お願いできますか」

「向こうが要求してるのか」

「話がしたいと」

　おまえの仕事だろう。その言葉を呑み込み、新田は腰を上げた。

　小部屋に入る。一ノ瀬が椅子に座っていた。

「なんの話だ」

「新田さんと試合を組む意図がわからなかったんで」

　飄々とした顔で一ノ瀬が言う。

「俺が名乗り出た」

「倉石か佐久間あたりが相手かと思ってましたが」

「俺じゃ不服か?」

「そりゃ、毀すわけにいかないですからね」

「遠慮はいらんぞ」

　苦笑いを浮かべた一ノ瀬が頭を掻いた。

「ワークでもいいですよ」

「舐めるなよ」

「去年、群馬で立花と闘ったときの新田さんなら興味がありましたけどね、もうオーラがないですよ」

考えるよりも先に手が出た。一ノ瀬が椅子ごと後方に倒れる。森に羽交い締めにされ、笑いながら一ノ瀬が立ち上がる。我を忘れたのは一瞬だが、拳に手応えはなかった。

「この試合を落としたら、立花戦はない。それはわかってるだろうな」

「それなら仕方ないですね。まあ、できるだけ早く終わらせます」

森を促し、部屋を出た。一ノ瀬は最後まで笑みを浮かべていた。

「おまえ、あれを今後も使うのか」

森はすぐには答えなかった。

「ジャパンに引っ張りたいと思っています」

「やめとけ。飼い馴らすのは至難の業だ。現にスターズも手を焼いてる」

「確かに扱いづらいですが、使い方次第だと思います」

「いくつも団体を潰してる。それを承知の上で使うのか」

「扱い難い男には慣れてますから」

立花や三島のことを言ったのか、森はそれ以上言わなかった。

控室に戻った。一ノ瀬の言葉が頭から離れなかった。オーラがない。リングに立つ資格がないと言われた気分だった。

定刻に試合がはじまった。

第一試合。阿部と久坂のシングルマッチ。

久坂は、先シリーズから継続参戦していた。フリーの選手が連続して参戦するのは久坂がはじめてだった。

試合は粗削りだが、久坂は臆することなく阿部にぶつかっていく。

「久坂を寮に入れたいんですが」

森が言った。

「入団させたいという意味か?」

「レスリングの基本を学ばせれば、おもしろいレスラーになると思います」

「歳は?」

「二十六です。キャリアは八年目になります」

四年目の阿部や緒方と同世代だった。インディーのキャリアは参考にならないが、見たところ、動きに変な癖はない。ビルダー風の躰は、作り直す必要がある。

久坂の力に圧された阿部が、グラウンドに誘い、ペースを握る。グラウンドでは久坂は防戦一方だった。しかし、諦めない。次第に声援が久坂に向けられる。ロープに逃れると、第一試合とは思えないほど客席が沸いた。

森は、久坂になにか感じるものがあったのだろう。

「寮は空きがあるのか?」

「はい」

「巡業が終わるまでに、入れるようにしておく」

「仮入団扱いでいいですか?」

新田は頷いた。インディー出身レスラーの入団。昨年までならあり得なかったが、森が認めたのなら久坂を否定する気はなかった。ものになるか、化けるかは久坂次第である。入団で満足するようなら、それで終わる。

試合は、阿部が逆エビ固め《ボストンクラブ》で久坂からギブアップを奪った。

後半戦がはじまり、新田はコスチュームに着替えた。

メインよりふたつ前に、立花が出た。荒井と組み、倉石、塚田組との対戦。

荒井に疲れが見えた。立花について連日本隊のトップ陣と闘っている。躰は悲鳴を上げているはずだった。老獪なテクニックで翻弄し、ペースを握ろうとするが、倉石や塚田が相手では分が悪い。

立花がリングに入ると、場内がおおいに沸いた。試合運びはさすがである。ブランクは感じさせない。

試合は、激しい肉弾戦から、立花が倉石を沈めた。倉石はいまだ完全復活とは言えない。不器用な男なだけに、時間が必要なのだろう。

試合後、立花が驚きの行動に出た。倉石になにか声をかけ、手を差し出す。倉石がその手を力強く握った。

「どうなってる」

「なにも聞いてないです」

森に白を切っている様子はない。

控室に戻ってきたのは塚田ひとりだった。

倉石も荒井同様、立花に惹かれたということか。若手の玉木も、いつのまにか立花の付き人同然に振る舞っている。

セミファイナルがはじまる。出番だった。

「気をつけてください」

森が言う。一ノ瀬が、壊し屋の異名を持つことは知っていた。

溝口がついてくる。入場口に向かうと、倉石が待っていた。黙って頭を下げる。

佐久間に先を越されたが、倉石は三島に次ぐ本隊の顔だった。

「立花へのリベンジはもういいのか?」

「それは忘れていません。ただ、いまの自分じゃ勝てません」

「立花になにを言われた」

「強くしてやると」

倉石は身をもって立花の強さを経験している。ジャパンを相手に孤軍奮闘し、満身創痍の立花と対戦し、倉石は自らの力を引き出された。その試合が頂点かと思われたが、立花は三島を相手にさらなる高みの死闘を繰り広げてみせた。二度目の対戦は、ともにプロレス復帰戦となる試合だったが、立花は倉石より遥かに上にいた。

「本隊から離れるんだな」

「すいません」

「俺の敵に回るということだ。それを忘れるな」

頭を下げ、倉石が踵を返した。

倉石のヒールターンは気に食わない。しかし、本人が決めたことだった。

入場口の前で待機する。

緊張はなかった。三十年、リングで闘ってきた。肉体的なピークは過ぎたが、誰にも負けないキャリアがある。二十代、三十代の頃と同じ試合はできなくても、生きざまは見せられる。

ゴングが打ち鳴らされ、セミファイナルが終わった。新田は頰を叩いた。

力量はファーストコンタクトで知れる。当然、勝ちにいく。

容易く首はやれなかった。

4

会場が人で埋まっていた。余すことなく席が売り切れている。

リング下には、カメラマンが群がっていた。セコンドには、試合を終えたばかりの佐久間と篠原がついていた。塚田と溝口の姿もある。

対する一ノ瀬はひとりだった。

館内は異様な空気に包まれている。

ゴングが打たれた。リング中央。一ノ瀬と睨み合う。甲斐や不破のような大型選手ではない。新田よりも躰は一回り小さい。

一ノ瀬が前屈姿勢で手を出してくる。新田も応じた。指先の探り合いから、グラウンドに移行する。

静かな立ち上がりになった。オーソドックスなグラウンドの攻防が続く。

ロープブレイクしたところで、一ノ瀬の頰を張った。来い。指先で合図する。一ノ瀬がキックの構えを取る。右のロー。見えていたが、痺れが走った。なおも左右のロー。一ノ瀬はキックの間合いを崩さなかった。

何発目かで左足が痺れてきた。一ノ瀬はローキックにこだわっている。

さらにロー。足元がぐらついた。思わずロープに手を伸ばしそうになるのを堪《こら》えた。

ロープ際から離れる。レフェリーの山口が、新田の左側に立つ。普段、選手の動きの妨げにならないよう気を配る男が、半歩近くにいる。余計な世話だった。

右のロー。合わせてタックルを狙った。届かない。その前に膝をついていた。咄嗟に頭部を防御したが、一ノ瀬は攻撃して来なかった。一ノ瀬から眼をそらさず立ち上がる。

左足が重い。感覚が麻痺しつつあった。さらにロー。

場内がざわついている。ふいに気づいた。ローキックだけで倒す。一ノ瀬は総合戦の立花を真似るつもりなのか。

怒りに任せ、マットを蹴る。新田のタックルを一ノ瀬は見切っていた。ローが来る。まともに受け、体勢を崩しながらもラリアットを放った。

手応えはない。しかし、手が届く位置に一ノ瀬がいた。バックを捕る。一ノ瀬が素早く反転した。懐に潜りこんでくる。そのときにはバックドロップで投げられていた。

高速で、受け身の取れない角度だった。後頭部を痛打した。顔を起こす。そこに蹴りがきた。紙一重でかわし、立ち上がる。

一ノ瀬のタックル。思った以上に投げが効いていた。反応が遅れる。片足を捕られた。バックボーンは共にレスリングだが、アマチュア時代の実績は新田に及ばない。ここでテイクダウンを取られるわけにはいかなかった。

堪えた。一ノ瀬が離れる。右のロー。反射的に左足を浮かした。フェイントだった。一ノ瀬の口角が上がり、小馬鹿にするように頬を張られた。唖然とし、次の瞬間、我を忘れた。拳で殴りかかる。空を切った。懐に、一ノ瀬が潜りこむ。

低空のバックドロップ。高速でマットに打ちつけられた。さらに顔面を狙った蹴りがくる。左のキック。かわしてタックルを狙う。その瞬間、膝が迫っていた。

鈍い衝撃を感じた。

山口の声。カウントを取られていた。フォールではない。ダウンカウントだった。

うつ伏せに倒れていた。躰を起こす。一ノ瀬はコーナーにいた。

足にきていた。焦点も合わない。山口の声が間近に聞こえた。腕を伸ばし、服を摑んだ。テンカウント以内に立てそうにない。躰を押すと、意を酌《く》んだ山口が派手に倒れ、リング下に転がり落ちた。

片膝を立てた。それが限界だった。いま無理に立とうとすれば醜態をさらすことになる。

一ノ瀬が近づいてくる。髪を摑まれ、強引に立たされた。踏ん張りが利かない。一ノ瀬が懐に入った。低空バックドロップ。後頭部から叩きつけられ、さらにその勢いで躰ごと反転する。額をマットに擦りつけた。

立たされる。バックドロップの体勢。四発目だった。後頭部を打ち、反動で躰が跳ねる。歯を食い縛った。回転する勢いに逆らって踏ん張り、マットを蹴る。

全体重を乗せたラリアット。一ノ瀬の首を刈った。同時に立ち上がる。ボディへのアッパー。一ノ瀬のローキックの方が速かった。膝が折れる。

一ノ瀬がロープに走る。フロントキック。顔面を弾かれた。

無様な姿を見せていた。

一ノ瀬が近づいてくる。勝敗はどうでもいい。しかし、このままでは終われない。もう一発、渾身の一撃をこの男にぶちこむ。

立つ。一ノ瀬のロー。足を刈られながらも、前に出た。渾身のラリアット。

手応えがなかった。後ろに引っこ抜かれる。

何発でも受けてやろうと思った。ギブアップはしない。意識がなくなるまでは終わらない。

鉦《かね》の音が聞こえた。それがゴングの音だと気づいたとき、誰かが躰の上に覆いかぶさってきた。塚田と溝口だった。

焦点の合わない眼で一ノ瀬を探す。リングを下りる一ノ瀬の背中をかろうじて捉えた。

「動かないでください」

佐久間の声がした。

長いものがリングに入れられる。それが担架だと気づき、躰を起こした。佐久間の手を振りほどき、自分の足でリングを下りた。せめてもの意地だった。次に気づいたとき、控室にいた。マットの上に横になっている。森が顔を覗き込んでいた。

「俺はなにで負けた」

「テクニカル・ノックアウトです」

「山口が止めたのか」

「佐久間がタオルを入れました」

頭を持ち上げた。控室には森の他に誰もいなかった。

「おまえの指示か？」

「佐久間です。明らかに意識が飛んでいたので、正しい判断でした」

後頭部に鈍痛はあるが、いまのところ悪寒や吐き気はなかった。ただ、頭部のダメージは時間を置いてから現れることがある。

「無様な姿をさらしたな」

「見事に受けきりましたよ」

慰めにはならない。本気のラリアットを一発かましたが、一ノ瀬を仕留めることはできなかった。あとはいいようにやられただけだ。

「皆は？」

「打ち上げに行かせました」

プロモーターの堀南が、盛大な打ち上げをすると言っていたのを思い出した。

「おまえも行け」

「ひとりにはできませんよ」

「おまえの仕事だ。なにかあれば、自分で病院へ行く」

代表と現場監督がいながら、どちらも打ち上げに顔を出さないのは心証が悪い。堀南との付き合いはこれから先も重要だった。

躰を起こした。軽い悪寒があったが、すぐに消えた。リングシューズが脱がされていた。会場では撤収作業が行われているのだろう。

「早く行け」

「誰かつけます。ひとりでは動かないでください」

森が出ていき、新田は水を飲んだ。ペットボトルが空になるまで飲み干した。

服が用意されていた。シャワーを浴びる気にはならず、試合着の上から服を着ていると、足音が近づいてきた。誰かをつけると言っていた。裏方の誰かだろうと思ったが、入ってきたのはスーツ姿の立花だった。

「なんだ」

「玉木が様子を見るよう言われたもんで。タクシーを呼ばせてます」

「余計な世話だ。失せろ」

語気を強めたが、立花は動かなかった。

「どうでしたか、一ノ瀬は」

「見ての通りだ」

「負けてなかったですよ」

「ノックアウトされてか?」

「あのえげつない攻めを、あれだけ受けりゃ負けじゃないでしょう」

「俺を年寄り扱いしてるのか」

「まさか」

声がして、玉木が入ってきた。タクシーは十分ほどかかるらしい。

「来たら呼んでくれ」

立花が指示すると、玉木は控室を出て行った。

座れば立てないような気がしたが、新田はパイプ椅子に腰を下ろした。

「倉石をどうするつもりだ」

「別になにも」

「あいつはうちの看板のひとりだ。わかってるんだろうな」

「本隊を離れてみるのも悪くないと思いますよ。壁にぶち当たっているみたいですし」

「おまえにつけば、壁を破れるのか」

「いまさら手取り足取り指導するキャリアでもないでしょう。あとは本人次第じゃないですか」

いちいち癪に障る男だった。

「なぜ、総合に出た？」

「最強を証明しようと思いまして」

「プロレスを背負ったつもりか。笑わせるな」

「背負うはめになりましたからね」

望んだわけではない。そんな口調だった。立花は三島との試合で散ろうとしていた。同期に介錯され、華々しく散る。それが立花にとってのけじめだったのだろう。三島との死線を越えた勝負は、紙一重の差だった。散ろうとして散れなかった男。散るために再びリングに戻ったのだとしたら哀れなものだった。

「総合には今後も上がるのか」

「契約がありますからね」

「次の試合はいつだ」

「十二月の予定です」

「試合が決まったら、巡業に穴は開けませんよ」

「できるだけ、総合に専念か？」

「休む前にベルトは返してもらう」

「取り上げられるんですか」

「おまえのいまの価値は、勝ち続けていることにある。負ければ終わる。それを忘れるな」

「わかってます」

玉木が姿を見せた。関係者用の出入口前にタクシーが待っていた。

「もういいぞ」

荷物を持った玉木に言い、後部座席に乗り込んだ。

タクシーが走りはじめる。正面ロビーの前にトラックがつけられ、ばらした機材が運び込まれていた。興行スタッフは一足早く北海道に渡り、次の興行場所へと向かう。

左眼を閉じる。右眼の視界がぼやけていた。

昨年の立花との試合で負傷し、右眼はほとんど見えていない。立花に恨みはなかった。怪我を恐れてリングには上がれない。誰もが故障を抱えている。立花も真剣勝負《シュート》の連戦による代償はあるだろう。

ホテルの部屋に入り、ベッドに腰を下ろした。

一ノ瀬との試合は断片的にしか覚えていなかった。見せ場をつくることはできず、いいようにやられた。技を受けきった。そんなものはなんの慰めにもならなかった。

ひとつ気づいたことがある。立花と一ノ瀬。このふたりはどこか似ていた。ただ、立花と一ノ瀬の見ているものはおそらく違う。そこにふたりの差があるような気がした。

頭に鈍痛がある。抗えず、ベッドに横になった。

喉の渇きで眼が醒めた。シャワーも浴びず、明かりを点けたまま眠っていたらしい。視界が定まらない。全身が汗で濡れていたが、躰を起こすのも億劫だった。

水だけ飲み、そのまま寝た。躰が熱っぽいのがわかった。

朝。全身の痛みで眼が醒めた。躰が気だるい。熱は下がっていなかった。

シャワーを浴び、一階のレストランに下りた。食欲はなく、コーヒーだけ頼んだ。打ち上げの翌朝ということもあり、選手の姿はない。

一ノ瀬との試合は各紙で大きく扱われていた。一ノ瀬の完勝と報じている紙面があれば、新田が意地を見せたとジャパン側に立った記事も目立つ。

メインレフェリーの山口が姿を見せた。年寄りは朝が早い。

「社長、顔色悪いですよ」

新田は答えず、眼だけを山口に向けた。

背中は嫌な汗で濡れていた。頭痛が酷く、気だるさも続いている。

味がわからないコーヒーを飲み干し、腰を上げた。

「先、行くぞ」

背中に山口の視線を感じた。一ノ瀬に攻められた左足が痛む。エレベーターまで気取《けど》られぬよう気力を振り絞った。

選手たちは北海道に渡る。新田は大阪だった。

ホテルをチェックアウトし、空港に向かった。

大阪は、スポンサー契約を打診している企業の訪問が目的だった。すでに何度か交渉を重ね、契約の締結まで大詰めを迎えている。

大まかな部分で合意したところで、話題は昨夜の一ノ瀬戦になった。

「さすがですね、こんなに動けるんだから」

目立つ外傷はない。言外に、プロレスだからという響きがあった。それに怒りを露わにするほど若くはない。

プロレスに対する世間の偏見は依然としてある。

立花の総合格闘技への出陣が、プロレスそのものを底上げしようという目的があるのなら、立花とスターズを創立した赤城の理念は共通している。

赤城は一流だけを集め、いまや総合格闘技や立ち技に取って代わられた地位にプロレスを押し上げようとしている。

最強とプロレスの復権。掲げるものは異なるが、立花と赤城の目指す方向は同じだった。それだけにわからなかった。立花はなぜスターズではなくジャパンを選んだのか。

訪問先を辞し、新大阪に向かった。明日は午前中、都内で得意先との打ち合わせがある。

ホームで新幹線を待つ間、会社から連絡があり、立花と一ノ瀬の試合が発表されたことを知った。最終戦の札幌である。

名古屋を過ぎたあたりで日が落ちた。

車窓に疲れきった男の顔が映っていた。

5

東京に戻った。

躰は疲労していた。帰宅し、泥のように眠りたい。しかし、頭の一部は覚醒していた。躰の奥底に澱《おり》のようなものがある。明日でいい。そう思いながらも、瀬田の道場に向かっていた。

道場も寮も無人である。

裏口から入り、最低限の明かりを点けた。

躰の奥底にある澱を吐き出したい気分だったが、道場に入ると鎮まっていた。それでも着替え、リングに上がりストレッチをした。

あと何試合できるのか。終わりは確実に近づいている。現役に未練はなかった。ただ、意味のある試合がしたい。

ストレッチを続けた。躰が汗ばんでくる。澱のようなものは、まだ奥深いところにあった。

外に車が停まった。裏口から誰かが入ってくる。薄暗い明かりの下に、男が現れた。

「おまえか」

伊刈だった。ジャパンの前代表である。

「お久しぶりです」

伊刈が腰を折って頭を下げた。

ジャパンの解散宣言をしたのは、当時の代表だった伊刈である。その後、オーナーは解散を撤回し、伊刈を解任したが、伊刈と会うことはなかった。顔を合わせれば、冷静ではいられなかっただろう。来たる新田の代表就任のために、汚れ役を引き受けるその裏で、スターズの準備に当たっていたのだ。

「よく俺の前に顔を出せたな」

「どうしてもお会いしたいと思いまして。なぜかここに足が向きました」

「札幌の件か」

「それもあります」

「うちが一ノ瀬を引き抜いたと思っているならお門違いだ」

「森さんが交渉したことはわかっています。一ノ瀬さん本人の口から聞きましたから」

愚かな男だった。交渉の中身を明かすなど仁義にもとる。

「単刀直入に言います。立花さんと一ノ瀬さんの試合を、スターズのリングでやらせてもらえませんか」

新田は小さく笑った。

「白旗を振るのか」

「札幌のあの小さい会場で組むカードではないでしょう。十月にドーム大会があります。ジャパンの提供試合というかたちでも構いません」

「立花はフリーだ。オファーするなら勝手にしろ。うちに遠慮はいらん」

「新田さん、もう終わりにしませんか」

ロープ際まで行き、リングの上から伊刈を見下ろした。

「なにが言いたい？」

「スターズに合流してもらうことはできませんか」

「俺に面と向かって言った度胸は褒めてやる。ないな、それは」

「ジャパンの合流があれば、総合とも立ち技とも勝負できます。プロレスを復権し、世界に進出することも可能です」

「自分のところでやれ」

「業界全体がひとつになることが重要なんです。もういがみ合う時代じゃないでしょう」

「先に喧嘩を売ってきたのは、おまえらだ」

「個人の感情で、業界の足を引っ張りますか。そんなことが許されますか」

「おまえが言っているのはきれいごとだ。立花がジャパンを選び、一ノ瀬まで加わった。それで慌てているだけだろう」

「そうかもしれません」

「帰れ。話すだけ無駄だ」

伊刈は動かなかった。

「新田さんには、スターズのマッチメイクをお願いしたいと思っています」

「甲斐や不破を操るのは無理だと尻尾を巻くのか」

「業界を復権させるためです。新田さんの統率力で牽引していただけませんか」

「スターズの軍門に降る気はない」

「ここで、意地を張ってなんになるんです」

ジャパンを再始動させた原動力は、確かに意地だった。すぐに畳んだのでは恥になる。それだけを考えていた。いまは違う。自分についてきた連中への責任がある。

「スターズはこれまでジャパンの妨害をしていません。新田さんに敬意を払った上で、いずれ発展的な合流があると見ていたからです」

「詭弁だな。長くは持たないと見て傍観していたんだろう」

「甲斐さんも不破さんも、赤城会長の理念に賛同して合流してくれました。すべては業界の復権のためです」

「おまえもめでたいやつだな。甲斐に大義があって、てめえの団体を畳んだと本気で思っているのか」

「どういう意味でしょうか」

「甲斐の日本プロレスは行き詰まっていた。渡りに船で赤城の話に乗っただけだ」

赤城と伊刈に虚仮《こけ》にされた怒り。生涯忘れないと思っていたが、いざ当人を前にすると怒りは遠かった。

「なにを恐れてる」

「恐れてなど」

「腹を割れ」

「あの三人は、なぜジャパンに残ったのでしょうか」

立花、森、三島の三人。これが二人だけなら、また違っていただろう。三人が揃ったことが脅威なのだ。

「三島と森の性格は知ってるだろう。おまえらは、ジャパンの最終戦に合わせて解散宣言をした。俺についたわけじゃない。おまえらのやり方が気に入らなかった。それだけだ」

「立花さんもですか」

「あいつはよくわからん」

伊刈から覇気が消えた。

「一ノ瀬の離脱は気にするな。あれは飼い馴らすのが難しい男だ。森は、一ノ瀬をジャパンに取り込もうとしているが、俺の予想じゃ無理だな。あの存在は癌になる」

「待遇は、甲斐さんや不破さんに劣らぬものだったのですが」

「金には興味がないんだろう。そういう男も稀にいる。一ノ瀬の場合は性格だろう。捻じ曲がってるんだ」

伊刈の表情がわずかに動いた。笑ったらしい。この男が業界に残ったのは意外だった。興行という特殊な世界に馴染めずにいると思っていた。

「練習の邪魔をしてしまいました」

「もう上がろうと思っていたところだ」

「これからジャパンとは抜き差しならない関係になると思います」

「覚悟の上だ」

一ノ瀬が抜けたが、スターズには甲斐と不破がいる。数では勝負にならなかった。ただ、せっかくの面子を生かしきれていない。もしも早々に甲斐と不破のシングルを実現させていたら、ジャパンはすでに存在していなかったかもしれない。


伊刈の来訪から五日が経った。

選手は北海道のサーキットを回っている。

立花対一ノ瀬戦を発表した最終戦の札幌は、すでにチケットが完売していたが、問い合わせが殺到したため、急遽、立ち見席も追加していた。会場の構造上、立ち見席は限られているが、発売と同時に完売している。

同日にアリーナで大会を開催するスターズでは、甲斐が紙面を使って盛んに挑発していた。相手は三島である。一ノ瀬がジャパンのリングに上がる代わりに、三島をスターズに引っ張り出す。さすがに切れる男だった。

三島は、甲斐の挑発を無視していた。なにかコメントを出せば、甲斐は必ず食いついてくる。それにより、甲斐の土俵に乗ることを警戒しているのだろう。

甲斐だけでなく、スターズの運営も動きを見せていた。ジャパンと興行がぶつかる札幌のメインに、甲斐と不破の試合を組んだのだ。タッグ戦だが、甲斐と不破がそれぞれ対角コーナーに立つのはこれがはじめてである。

ただ、甲斐と不破の初対決に留まり、日本プロレスとGWAの抗争に持っていく組み合わせではない。そこにスターズの運営の弱腰が現れていた。

スターズは、十月に今年二度目のドーム興行を控えている。甲斐と不破の初対決をドーム大会の布石と見ることもできるが、唐突に決まった感は否めなかった。業界の話題をさらっているのは、依然として立花と一ノ瀬の一騎討ちである。

ジャパンは来年の興行のルート決めに取りかかっていた。年内の興行数はかろうじて百を超える。再始動前の一月、二月があれば、昨年のジャパンの興行数をクリアする数字だった。会場は昨年よりも縮小したため売上は落ちているが、百回以上の興行は目標として定めていた。

北海道ツアーは満員が続いている。この勢いをいつまで持続できるか。

仙台の堀南の成功を見てか、各地の興行師《プロモーター》から会場を変更したいという申し出が何件かあったが、立花と一ノ瀬の参戦については約束できなかった。

立花は世界ヘビーを保持している限りジャパンに上がるだろう。しかし、立花戦の目的を果たした一ノ瀬がその後どうするのかはわからない。本人はスターズに戻るつもりなのかもしれないが、反発は必至だろう。痛ましいのは、一ノ瀬にその自覚がないことだ。行き場を失った一ノ瀬をジャパンで受け入れるとしても、あの男の扱いには間違いなく難儀する。

仙台の堀南から電話があった。

「スターズが来年から地方巡業をはじめるそうだ。売りの打診があった」

「そうですか」

「まずは二軍と三軍の合同でやるらしい。甲斐や不破は出ないが、金額は悪くない。ただ、条件付きだ」

「うちの興行から手を引けですか」

「察しがいいな」

堀南にスターズの興行を買うなとは言えなかった。

「どうするんです？」

「ジャパンとは長年の誼《よしみ》がある。もちろん、断った。俺がどこの興行を手掛けようが、他所から文句を言われる筋合いはないしな」

堀南は今回の東北ツアーで潤った。だから断れたのだろう。他のプロモーターも義理立てをすると考えるべきではなかった。

電話を切り、新田は営業を呼んだ。

「武道館ですか？」

「十二月十五日以降だ。どこでもいい。空いてたら即押さえろ」

年内の最終巡業は十五日までの日程だった。

スターズがようやく仕掛けてきた。むしろ遅いほどだった。

二時間ほどして営業から連絡があった。

「十八日と二十二日が空いてます」

「二十二日だ」

曜日を見て即断した。

ジャパンの解散宣言から一年。復活をアピールするには同じ武道館しかなかった。

夕方まで待ったが、他のプロモーターから連絡はなかった。力では勝負にならない。しかし、試合内容で劣るとは思っていない。

事務所を出て、道場へ行った。選手は旭川で興行だった。ひとり、汗を流した。考えることは多々あるが、それにとらわれても仕方なかった。

森がホテルに入った頃合を見計らい、携帯を鳴らした。

「なにかありましたか」

開口一番、森が言った。

「年末に武道館を押さえた」

「ついにですか」

資金力、選手層、いずれもスターズとは大きな差がある。スターズの視界に入らないよう細々と運営を続け、生き延びることはできる。しかし、それは自分のやり方ではない。敗れ、滅びるのだとしても、正面から堂々と闘って終わる。

「マッチメイクは任せてもらえるんですか」

「おまえ次第だ。武道館を埋めてみせろ」

「必ず」

「メインは世界ヘビーでいく。意味はわかるな」

立花は年末に二戦目の総合格闘技戦を控えている。準備期間も含めれば、武道館だけでなく十二月のシリーズは全体になるだろう。つまり、立花抜きの興行になる。

観客動員を立花に頼っている現状で、無謀は承知だった。しかし、立花は所詮フリーである。外敵の立花が王者として君臨し、誰よりも声援を集めている現状を打破しない限り、ジャパンに先はない。

「立花を正式な王者に認定した以上、王者として総合に出すわけにはいかん。負ければ、プロレスの負けになる」

「それは本人が一番よくわかっていると思います」

「立花が武道館に出るというのなら、使えばいい。ただし、それまでに立花を王座から引きずり下ろせ。場合によっては剝奪でもいい」

勝負に絶対はない。これまで何人ものレスラーが総合に挑み、苦杯を嘗めてきたが、業界のトップが挑戦した例はなかった。ましてや現役の王者が総合に打って出るなど、あってはならない。

「面子のためですか」

「他になにがある」

「いいじゃないですか。世界ヘビー級王者として、総合のリングに立つ。すべてのプロレスファンが注目しますよ」

「本気で言っているのか」

「あいつはプロレスを背負う気になったんでしょう。負けませんよ」

「おまえらはなにを考えてる」

「俺たちは、プロレスが最強だと証明したいんですよ」

「まやかしだ、そんなものは」

「そう言って逃げ続けた結果、プロレスは衰退した。違いますか」

「総合の勝利が最強なのか」

「あいつなりに考えた上での行動なんでしょう。最強たれ、と叩き込まれましたから」

木山の口癖だった。立花は愚直にそれを体現しているということか。

「負ければ終わる」

「計算はしていると思います。総合で結果を出し、プロレスでそれ以上の闘いをする。難しいことじゃないでしょう」

別物と割り切るのではなく、さらにその上をいく。選ばれし者が、鍛えあげた肉体で極限の闘いをみせる。

「三島も目指すものは同じか」

「あいつも木山さんの弟子ですからね」

木山が最後に育てた三人の弟子。木山はいずれプロレスが脅かされる時代が訪れることを見越していたのか。それとも、桁外れの強さを持ちながら、それを生かすことのできなかった己の境遇を呪っていたのか。

「三島はいつまで遊ばせておく気だ？」

「ようやく火がついたみたいです」

「いずれは立花との再戦を考えているんだろう」

「もちろんです」

「三島は一皮むける必要がある。三島を立花と並ばせろ。再戦は、二人が対等に並び立つまで待て」

「肝に銘じます」

「俺は厳しい統制を敷いた。おまえはおまえのやり方でやればいい。だが、皆を平等に扱おうとは思うな。要求に応えられる選手はほんの一部だ。その一部のために他を殺すことができるようになれ。選手を育てるのも、化けさせるのもマッチメイカーの手腕だ」

立花に代わる存在になり得るのは三島しかいない。ジャパンを背負って立つ気概があるなら、三島は今一度奮起しなければならない。

森にとっても、マッチメイカーの真価を問われることになる。私情を捨て、ときには身内すら欺き、恨みを買う覚悟がなければマッチメイカーは務まらない。

「使えるものはなんでも使え」

一ノ瀬でも、絶縁した甲斐でも構わない。武道館でこければジャパンは終わる。

十年以上、ジャパンを牽引してきた。それが森や三島に団体の命運を託そうとしている。

不思議と逡巡はなかった。高揚しているのだと気づいた。

6

試合が組まれた。

シリーズ最終戦。札幌である。

会場は試合開始前から隙間なく埋まっていた。文句なしの超満員札止めである。追加販売した立見席も完売し、会場側からは不測の事態に備えて警備員の増員を要請されていた。

客の目当ては、メインイベントである。

立花と一ノ瀬。ノンタイトル戦だが、時間無制限で行われる。

真剣勝負《シュートマッチ》であることは、観客は知る由がない。それでも、通常とは異なる危険な試合になることは予想している。

休憩明け、前王者の佐久間がリングに上がった。溝口と組み、倉石、荒井組との対戦だった。

観客の熱気を受け、試合は白熱した。本隊にとって倉石と荒井は裏切り者である。特に佐久間の倉石に対する怒りは激しかった。同世代の先頭に立つ盟友である。

佐久間と溝口相手に、荒井が苦戦していた。荒井の老獪なインサイドワークも、力で強引に持っていかれる。

虫の息の荒井が、ようやく倉石と交代する。持ち前の馬鹿力を全開にして倉石が暴れるが、流れを変えるまでには至らなかった。最後は波状攻撃を食らい、倉石がフォール負けした。

立花についた成果はまだ現れていない。

出番が近づく。三島と入場口に向かった。対戦相手は篠原と塚田。

三島は寡黙だった。新田に対しては含むものがあるのだろう。三島の世界ヘビー級王者だったとき、三島との関係は必ずしも良好ではなかった。

甲斐が抜けた穴を、三島は懸命に埋めようとした。試合内容は申し分ないが、観客動員には結びつかなかった。不入りの責任を負うのは王者の宿命である。

これが甲斐から奪取した戴冠であれば、三島の評価はまた違っていただろう。甲斐は王者のままジャパンを退団した。リングの上でタイトルの移動を果たせなかったのは、新田の責任でもある。

新田のテーマ曲で三島と入場した。

篠原も塚田も、試合になれば遠慮がなかった。二人がかりの合体技を食らう。三島はカットに入らない。新田がどこまで受けられるか観察しているようでもあった。

ロープに走った塚田のジャンピング・ニーを受け止め、ラリアットでなぎ倒す。客席が沸いた。技の魅せ方は若い連中に負けない。

三島とタッチを交わす。そこからは三島の独壇場だった。鍛え抜いた手刀は、一発で試合の流れを変える威力がある。

篠原も塚田も三島の勢いを止められなかった。最後は三島が必殺の垂直落下式ブレーンバスターで篠原を沈めた。

花道を引き上げると、バックステージで記者に囲まれた。

「甲斐さんが紙面を通じて盛んに挑発していますが」

試合についてのコメントを終えたところで三島に質問が飛んだ。

三島の表情が険しくなる。場の空気が一変した。

「無視しているのが俺の答えだ。よく俺の名前を出せたな」

甲斐の挑発に対し、三島がコメントするのははじめてである。記者たちが騒然とし、シャッター音が鳴り響いた。

甲斐の退団が報道されたとき、ジャパンのなかで最も激しく反応したのが三島だった。強い言葉で甲斐を批判し、けじめとして自分と闘うよう甲斐に迫った。甲斐はすでにその時点で、試合はしないと決めていたのだろう。三島の呼びかけに応じなかった。

「本気で俺と試合がしたいなら、まどろっこしい真似はせず、堂々と来ればいい。いつでも受けてやる」

「試合はジャパンのリングでということですか？」

「上がる度胸があるならな」

「スターズのリングに上がるつもりはないと？」

「その必要があるのか。筋が違うだろう」

「よく俺の名を出せた、とは具体的にどういう意味でしょうか」

「知らないから訊いてるのか。俺の口から言わせたいのか。どっちだ」

三島の剣幕に質問した記者がたじろいだ。

「知らないなら勉強してこい。甲斐は俺から逃げた。ジャパンを裏切って日本プロレスを興したが、うまくいかないから今度はスターズに鞍替えした。違うか？」

めずらしく三島が多弁だった。それだけ腹に据えかねていたのだろう。

「立花に無視されたから、今度は俺か。俺と闘いたいならやってやる。その前に筋を通せ。ジャパンの敷居を跨げるならな」

三島が会見を終え、先にバックステージを後にした。

新田は留まった。三島が甲斐との対戦に触れた以上、代表としてコメントを出さないわけにはいかない。

「三島さんが、甲斐さんとの対戦を受けるとのことでしたが」

「状況次第だ」

「スターズとの対抗戦ということでしょうか」

「それはどう転んでもない。二度と口にするな」

記者を威圧し、インタビュースペースを離れた。

控室の手前で三島が待っていた。

「すいません、熱くなりました」

視線を合わさず、三島が言った。

「いや、あれでいい」

怒りをぶちまけたとはいえ、甲斐の挑発に三島は応じた。あとは甲斐がどう動くかだ。甲斐がジャパンのリングに再び上がることはない。昨年まではそう断言した。しかし、状況は日々変わる。

いまはないとは言えなかった。袂を分かち、二度と交わらない道もあれば、交錯する道もある。甲斐と三島の試合が実現するなら、そのときが訪れたということだろう。

控室に戻り、汗に濡れた躰のまま、モニターの前に座った。リング上には一ノ瀬が入場していた。

三島の姿がなかった。おそらく会場のどこかで二人の試合を見ているのだろう。

立花の入場。会場全体が小刻みに揺れていた。一ノ瀬は落ち着きなくリング上を動いている。逸《はや》る気持ちを抑えられないのか、ぎらついた眼で立花の入場を待ち構えていた。

リング上で立花と一ノ瀬が対峙した。ノンタイトル戦だが、立花は二本のベルトを肩にかけていた。

時間無制限一本勝負。

ゴングが打たれた。立花も一ノ瀬も微動だにしなかった。場内が静まり返る。

一ノ瀬が先に動いた。ハイキックを放ってからのタックル。受け止めた立花が上から押しつぶす。一ノ瀬が反転して抜け出し、バックをとった。腰をロックし、ジャーマンで投げると見せかけ、スリーパーホールドで立花の首を捕える。瞬間、立花が体を沈め、バックドロップで引っこ抜いた。高角度で落とされた一ノ瀬の躰がマットの上でバウンドする。

一ノ瀬がすぐさま立つ。そこに立花が突っ込んだ。前蹴りが顔面を捕える。首をもぐような強烈な一撃に、一ノ瀬の躰が一回転する勢いで後頭部から叩きつけられた。

場内の空気が一変していた。

立花が、つま先で顔面を小突くように蹴り上げる。

一ノ瀬が立ち上がる。狙いすましていたかのように、立花のかち上げ式のエルボーがヒットした。さらにもう一発。そこから懐に潜りこむ。一ノ瀬の躰が弧を描いた。二発目の高角度バックドロップ。

試合序盤だが、一ノ瀬には明らかにダメージがあった。立花の緩急の付け方は小憎たらしいほどにうまい。

立花が強烈なキックを叩き込む。一ノ瀬の躰が大きく仰《の》け反《ぞ》る。受け続けるには危険な威力だった。

三発目。しがみつくようにして一ノ瀬がキックを止めた。立花の蹴り足を捕えたまま、強引にフロント・スープレックスで後方に投げる。

立ち上がったのは一ノ瀬が先だった。狙いすましてのショートレンジのラリアット。そして膝。顎を捕らえた。立花の膝が折れる。

一ノ瀬が立花の側面に回った。懐に潜りこむ。そのときには低空の高速バックドロップで投げていた。派手さはないが、受け身の取れない角度である。

両者とも、はじめから全開だった。

膝立ちの立花に、一ノ瀬のキックが炸裂する。さらに強引に立たせてからの高速バックドロップ。投げる度に速度が増していく。三連発。最後の一発は、立花が脳天からマットに突き刺さるほどの角度だった。

レフェリーの山口が立花の様子を確認しようと駆け寄る。一ノ瀬はそれを許さず、立花を引きずるようにして立たせた。

ローで膝を折り、ミドルで躰を揺らしてからの高速バックドロップ。えぐい角度で頭から叩きつけられた立花が、勢いで反転する。

一ノ瀬がロープに走った。その音に反応したかのように、立花が躰を起こす。走り込んでの膝が、顔面をぶち抜く。衝撃を殺せず、立花が嫌な倒れ方をした。

一ノ瀬のカバー。決まってもおかしくない展開に、客席から悲鳴が上がる。カウントが三つ入る前に、立花が肩を上げた。キックアウトできないまでに立花は圧されている。
肩を上げた立花を、一ノ瀬が袈裟固めで捕えた。
立花が足をばたつかせた。躰が瞬く間に赤く染まっていく。一ノ瀬は仕留めにかかってい
た。立花の動きが止まる。観客の悲鳴がさらに増した。
立花の足が上がった。一ノ瀬の首を搦め捕ろうとするが、届かない。力なく、足が下りる。
その瞬間、立花が上体を抜いた。
一ノ瀬が唖然とし、すぐに立ち上がった。
立花はまだ立てない。伏せたまま、肩で呼吸をしていた。一ノ瀬が後頭部を踏みつける。客
席から起こるブーイングをものともせず、さらに体重をかけて踏み躙《にじ》る。
山口が割って入り、ダウンカウントを取りはじめた。立花が躰を起こし、立とうとする。そ
こに一ノ瀬が走り込んだ。頭部への蹴り。ブロックして止めた立花が反対に右足を捕り、裏ア
キレス腱固めを狙う。
一ノ瀬の反応が速かった。足を抜き、立花の上になる。立花が腕を捕り、両足で首を搦め捕
る。下からの三角絞めを、一ノ瀬が圧し潰す。さらに腕十字への移行。これも一ノ瀬が防い
だ。
両者が離れ、同時に立つ。一ノ瀬のフロントキック。かわした立花が一ノ瀬に飛びついた。
飛びつき式の腕十字だが、倒されながらも一ノ瀬はかろうじて指をロックしていた。
立花が仰け反りながら絞る。ロックが外れ、一ノ瀬の腕が伸びる。極まった。思ったが、一
ノ瀬が強引に躰を起こした。丸め込むように覆いかぶさり、立花の顔面を殴る。

一ノ瀬が鬼の形相だった。立花が腕を離す。弾けるように両者が離れた。右腕を押さえていた一ノ瀬が、すぐさま起き上がりを狙う。頭部へのキックは、立花がかわした。間髪容れず一ノ瀬の膝が顔面を捕える。血が飛ぶのがモニターでもわかった。

両膝をついた立花を一ノ瀬が強引に起こす。低空の高速バックドロップ。右腕を押さえながら、なおも一ノ瀬がバックを捕る。脇の下に頭を入れ、左腕だけで強引に投げた。

一ノ瀬が全体重をかけてフォールした。

山口のカウント。三つ目が入る寸前に、立花が返した。

一ノ瀬が叫んだ。消耗している。しかし、立花を追い込んでいた。鼻と口から出血した立花がゆっくりと立ち上がる。

立花のキック。右腕だった。一ノ瀬が悶絶する。さらに立花が膝で突き上げる。左手で髪を摑んでの、右の叩きつけるエルボー。一ノ瀬がたたらを踏む。立花が懐に潜りこんだ。捻りを加えた高角度のバックドロップ。叩きつけられた一ノ瀬の躰がマットの上でバウンドした。

立て。立花が指で合図する。立花のミドルが右腕を打つ。躰を震わせながら一ノ瀬が左のパンチを放つが、立花がカウンターの膝で動きを止めた。

棒立ちになった一ノ瀬を、立花がさらに高角度のバックドロップで叩きつける。

立花はフォールに行かない。山口が促すが、立花は動かなかった。

一ノ瀬が躰を起こし、ゆっくりと立ち上がる。立花のミドル。棒立ちの一ノ瀬を、立花が容赦なく投げる。

「あいつ、殺すぞ」

新田は森に言った。一ノ瀬は危険な領域に入っている。一ノ瀬が立つ以上、立花は攻撃をやめないだろう。

山口がダウンカウントを取る。意識があるのか本能か、一ノ瀬が躰を起こす。右腕は使えない。躰を起こすのが精一杯だった。

立花がカウントを遮った。髪を掴み、強引に一ノ瀬を立たせる。

勝負はついた。一ノ瀬に余力はない。

立花の張り手。崩れる一ノ瀬の懐に入る。一ノ瀬が不意に覚醒した。肘を連続で落とす。一ノ瀬が吼《ほ》えた。毀《こわ》れた右腕のラリアット。受けた立花が強烈なキックを放つ。全身から汗の飛沫を散らせながら、一ノ瀬が大きく仰け反った。立花が髪を摑んで引き戻し、捻りを加えながら引っこ抜く。

マットに叩きつけられた一ノ瀬が両手足を投げ出した。立花が膝をつき、胸に手を置く。

カウントが三つ入った。

新田は背もたれに背中を預けた。

二本のベルトを受け取った立花が、新世界ヘビーのベルトを横たわったままの一ノ瀬の側に置き、リングを下りた。

リング上では担架が広げられ、阿部と緒方が一ノ瀬を乗せようとしていた。

一ノ瀬が起き上がる。担架を拒否し、自分の足でリングを下りる一ノ瀬に観客から拍手が送られていた。

撤収がはじまり、新田は一ノ瀬の控室に向かった。

部屋に入ると、一ノ瀬がマットに横たわっていた。緒方が躰を押さえつけ、一ノ瀬の顎にかけたタオルを阿部が引っ張っている。

一ノ瀬は眼を閉じ、痛みに耐えていた。遠慮があるのか、阿部の力が弱い。

「貸してみろ」

阿部と代わり、新田は一ノ瀬の顎にかけたタオルを両手に持った。

「行くぞ」

一ノ瀬に声をかけ、力をかけてタオルを引いた。首抜きは、めりこんだ首を引っ張って抜く荒療治である。一ノ瀬の顔が苦痛に歪み、汗が噴き出す。それから少しずつ表情がやわらいでいった。

「すいません」

一ノ瀬が寝そべったまま言う。声が割れていた。

「念のため、今日はひとりつけるぞ。緒方、荷物をまとめてこい。阿部は撤収を手伝え」

二人がすぐに動いた。

「首、悪いのか」

「首抜きなんて久しぶりですよ。不破との試合以来ですかね」

「理想とするプロレスは体現できたのか」

「楽しかったですよ。この試合で死んでもいいと思えましたから」

「満足したということか」

「自分より強いやつがいる。楽しいじゃないですか」

一ノ瀬が左手を上げる。薬指と小指が紫色に腫れていた。

「警戒はしていたんですけどね。仕掛けたらやられましたよ」

モニター越しではわからない攻防があったのだろう。裏技には容赦なく裏技で返す。いかにも木山の弟子だった。

「これからどうする。スターズに戻るのか」

「どうしますかね。なにも考えてないんですよ」

このまま終わらせるのは惜しい。三島と一ノ瀬の試合を観てみたかった。立花戦に劣らない激しい試合になるだろう。

一ノ瀬がなにか言う。うまく聞き取れなかった。

緒方が戻ってきた。

一ノ瀬はマットに寝そべったまま、天井を見上げている。左右の眼の焦点が合っていなかった。

「おい」

呼びかけるが、一ノ瀬の反応が鈍い。

「森を呼んでこい」

異変を察知した緒方が部屋を飛び出していく。一ノ瀬の焦点の合わない眼が動き続けていた。

ざらつく

1

松井が熱弁を振るっていた。

ＧＷＡの番頭である。来月開催される横浜大会のカードに注文をつけている。

六本木にあるスターズ事務所のミーティングルーム。

甲斐は、背もたれに背中を預け、足を組んだ。

松井はいまもＧＷＡのブッカーのつもりでいるのだろう。

スターズ参加選手は、個々にスターズと試合契約を結んでいる。それぞれ所属先を名乗るが、名目上に過ぎず、ＧＷＡという団体はもはや存在しない。

日本プロレスも同様だった。周郷、坂本、小椋、宇野の四人は、日本プロレス所属を名乗るが、周郷たちとの間に契約関係はない。

松井がＧＷＡの選手の実績や持ち味を延々と語っている。

伊刈は感情を表に出さないが、中矢など、さすがにうんざりした顔をしていた。

札幌大会から四日。横浜と、十月に迫る東京ドーム大会の企画会議に呼び出された。用件は察しがついているが、松井までいるとは思わなかった。

甲斐は、横浜大会の予定カードが記された紙を手に取った。松井が延々と語っているのは、第二試合に出場する選手の話だった。先は長い。

横浜大会は全十試合。メインを張るのは海老原。甲斐はセミファイナル、不破は第九試合で、いずれも対戦相手は決まっていない。

一ノ瀬の名はなかった。

スターズの旗揚げからわずか四ヵ月。精鋭が集結したリングから、トップのひとりが離脱した。

名ばかりのレスラーを駆逐し、精鋭だけを集めた真のプロレスを見せる。

発展性のない分裂を繰り返してきた業界において、団体の枠を取り払い、ひとつになるなど夢物語だった。

赤城はそれを成し遂げた。

業界の再編は改革の足掛かりに過ぎなかった。業界をひとつにまとめ、世界に進出する。それこそがスターズ計画の主眼だった。

日本のプロレスが世界に劣ると思ったことはない。だが、乱立する団体と客の奪い合いに終始し、国外にマーケットを展《ひろ》げる団体は皆無だった。その資金力もなければ、戦略を描く者もいなかった。

低迷したプロレスを復興し、新たなステージに上げる。そして、日本のプロレスが世界に通用することを証明する。

スターズへの参加は、赤城直々に誘いを受けた。

エースに指名され、待遇も破格だった。しかし、おいそれと呑める話ではなかった。日本プロレスを旗揚げから一年に満たないうちに畳むことになる。自分を信じ、ついてきた選手や社員がいる。団体運営が苦戦している事実もあった。なによりも、危機的な状況を打破すべく、一周年興行に向けて一丸となっている最中だった。

赤城はその場で決断を強いた。悩んだところで答えは決まっている。レスラーとして、そして男として器を測られている気分だった。ジャパンを裏切り、今度は自分の城を捨てる。葛藤はあった。それでも、踏ん切りをつけた。スターズが最高峰のリングを用意するなら、そこに立たない理由はなかった。

赤城は、スターズの核となる選手に五人の名を挙げた。

甲斐、不破、三島、海老原、そして一ノ瀬。

それは、日本プロレスの解散に、ジャパンとGWAが続くことを示唆していた。

不破と同じリングに立つ。若手の頃から常に比較されながら、ジャパンとAWFの間には、相容れない壁があった。その壁は、日本プロレスでも崩せなかった。

不破との対決が実現すれば、ジャパンとAWFの因縁に終止符を打つ一戦になる。勝者が国内最強だった。

しかし、一ノ瀬の合流は頷けなかった。

甲斐には一ノ瀬がいない。最年少で世界ヘビー級王座を獲り、最多防衛記録を達成しても、不破と比較される際には必ずその言葉がついてまわった。

それだけAWF時代の不破と一ノ瀬は、命をすり減らすような死闘を繰り広げていた。一ノ瀬は不破への敵愾心を隠そうとせず、不破もまた一ノ瀬だけを相手に見せる非情な一面を露わにした。緊張感を孕《はら》んだ両者の関係は、やがて団体を二分する対立にまで激化し、AWFは崩壊した。

ＧＷＡを興した不破は、一ノ瀬派と絶縁し、それを頑なに貫いていた。不破は気難しい男である。日本プロレスでは、海老原をリングに上げることはできたが、不破は自身の参戦については交渉にすら応じようとしなかった。

一ノ瀬がスターズに参加するなら、不破は動かない。赤城にはそう忠告した。

不破をどう口説いたのか、赤城は不破と一ノ瀬を同じリングに上げることに成功した。しかし、両者の遺恨が解消されたわけではなかった。

一ノ瀬は、トラブルメーカーの異名を旗揚げ戦から発揮した。

東京ドームで開催された第一回大会。

甲斐はメインで不破とタッグを組んだ。業界の再編を象徴する歴史的なタッグだが、話題をかっさらったのは一ノ瀬の試合だった。坂本とのシングルで、一方的に真剣勝負《シュート》を仕掛けて坂本を下したのだ。さらには不破を挑発する暴挙に出た。これがＧＷＡ勢の怒りを買った。

運営は一ノ瀬の行動を問題視し、二戦目の福岡でも坂本との再戦を組んだ。一ノ瀬は運営のマッチメイクを呑んだ上で、再びシュートを仕掛け、坂本の顔を潰した。

スターズのマッチメイクは運営チームの合議制で行われる。ジャパンの前代表の伊刈と、元レスラーの中矢を除くと、あとは業界外の人間である。二戦続けてのシュートは、素人のマッチメイクには乗らないという一ノ瀬の主張だとしても通る話ではなかった。

甲斐は一ノ瀬との試合を申し出た。ここで一ノ瀬の勝手を許すべきではなかった。だが、対戦は見送られた。一ノ瀬を制御できなければ、今後のマッチメイクに支障を来たす。運営はそれをわかっていなかった。

三戦目の大阪。一ノ瀬に充てられたのは、フリーの吉川だった。

指名したのは一ノ瀬で、吉川は過去に一ノ瀬の団体に所属している。だから、マッチメイクに従うという運営の目論見は外れた。

試合は開始前から不穏な空気が漂っていた。一ノ瀬は、長期欠場からの復帰戦となる吉川を残酷にいたぶった。それを見て気づいた。一ノ瀬は立花を意識していた。吉川を毀《こわ》し、長期欠場に追いやったのは立花である。一ノ瀬は、昨年のジャパンと立花の潰し合いを、スターズのリングで再現しているのだ。

三試合続けてのシュートに、スターズにおける一ノ瀬の立場は微妙なものになった。運営は一ノ瀬をコントロールできず、GWA勢からは一ノ瀬追放の声が上がりはじめていた。

一ノ瀬はどこ吹く風だった。

七月、それまで動向が不明だった立花が総合格闘技に参戦した。

廃業を噂された立花の復帰は、業界を大きく騒がせた。立花は半年以上のブランクをものともせず、総合格闘技戦の初陣で衝撃的な勝利を飾った。

同月の名古屋大会。一ノ瀬は試合が組まれなかった。ペナルティであるのは明らかだった。

甲斐はリング上から立花にスターズ参戦を呼びかけた。立花は総合のリングに世界へビー級王者として上がった。その意図はプロレスに復帰するという宣言に他ならなかった。

何年も死んでいた男が眼を醒まし、過去にけじめをつけた。不破と一ノ瀬のように、将来は自分のライバルになると見込んでいた男だった。闘うには十分な理由がある。

甲斐の呼びかけに、立花は応じなかった。選んだのは、古巣のジャパンだった。

業界は再編されたが、まだジャパンがいた。運営は、所属選手の少なさから、いずれ自滅すると見ていた。確かに、テレビをはじめとしたスポンサーは軒並み離れ、動員も苦戦していた。しかし、新田のもとには三島と森がいた。倉石や佐久間をはじめとするトップレスラーもジャパンに残留した。いずれもスターズの主力になるはずだったメンバーである。

そこに立花が加わる。

八月。ジャパンの仙台大会に一ノ瀬が現れ、立花に挑戦を表明した。

マスコミの注目は、ジャパンの最終戦に向けられた。同日、同じ札幌でスターズの興行がある。スターズと興行がバッティングする日にジャパンを選べば、それは完全な離脱である。

無策な運営を尻目に、ジャパンは弘前で一ノ瀬の試合を組んだ。相手を務めたのは新田だった。代表の新田が先陣を切ったことに、甲斐はジャパンの本気度を感じた。

せめてもの救いは、ジャパンの札幌の会場が小規模であることだった。興行の観点から考えても、一騎討ちはない。

しかし、ジャパンは札幌での立花対一ノ瀬戦を発表した。前哨戦もなく立花と一ノ瀬の一騎討ちを組んだ一手に甲斐は唸った。

マスコミの報道は、立花と一ノ瀬戦一色になった。このままではスターズの面子は丸潰れである。甲斐は紙面を通じて三島を挑発した。一ノ瀬のジャパン参戦が止められない以上、そこから先に繋がる方向に舵を切るべきだった。

立花対一ノ瀬戦の決定を受けて、運営は札幌大会のカードを変更した。

はじめて不破との直接対戦が組まれたが、タッグマッチだった。この期に及んで攻めのカードを組めない。素人の限界だった。

札幌大会の動員は、満員に届かなかった。ジャパンは立ち見を記録した。会場の規模が異なるため、動員を比較することに意味はない。だが、会場の熱気は比べものにならなかった。

こんな試合がしたかった。

敗戦後の一ノ瀬のコメントが、すべてを物語っていた。


松井の演説が終わったところで小休憩を取った。

「宇野は残念でしたね」

ミーティングルームに二人だけになると松井が言った。

札幌での一軍と二軍の入れ替え戦で敗れ、宇野は二軍落ちが決まった。代わりに一軍に上がるのはGWAの選手である。

「まあ、鍛え直すしかないですね」

甲斐が言うと、松井が下卑た笑みを浮かべた。

日本プロレスの頃、この男には何度も苦汁を呑まされた。松井は不破の信奉者で、GWA第一主義だった。四十代半ばで、AWF時代にはジャパンとの熾烈な興行戦争を経験している。ジャパンには相当の恨みを抱いているようで、それを露骨に言われたこともあった。

宇野に代わって一軍に上がるGWAの選手が、宇野より優れているとは思えなかった。

宇野以外では、小椋の立場も危うい。周郷と坂本にしても、いまのところレギュラーの座は安泰だが、GWA三番手の金子や旧AWF系の滝澤よりも扱いは下に置かれている。

一軍に所属する選手の比率は、GWA勢が多数を占めていた。

スターズは団体という枠を取り払い、選手は個々で参戦しているはずだが、GWAと日本プロレスをはじめ、団体の枠は依然として存在している。ファンはGWAがスターズの中心にいると見ているだろう。

所属先はあくまで便宜上に過ぎない。しかし、スターズのなかにリング外での主導権争いがあるのは事実だった。毎回マッチメイクが難航するのも、いまだシングル、タッグともに王座が創設されないのも、そうした動きが関係している。

リング外の闘争に興味はなかった。日本プロレスの肩書など捨ててもいい。ひとりのレスラーとして、不破や海老原と闘いたかった。

年内には地方巡業がスタートする予定だった。来年には海外進出を計画している。

赤城の理想は、日本のプロレスによる世界席巻だった。スターズのパッケージをそのまま海外に持っていき勝負する。その夢に賛同して、スターズに参加した。仲間内で足を引っ張り合っている場合ではなかった。

松井のどうでもいい話に相槌を打っていると、伊刈と中矢が戻ってきた。

「では、再開します」

席についた伊刈が言った。

「俺が呼ばれたのは、三島の件ですか」

甲斐が言うと、伊刈が頷いた。

「それもあります」

「その前によろしいですか」

松井が口を挟んだ。

「一ノ瀬の処分は決まりましたか」

「なんらかの処分は考えています」

伊刈が答えた。

「具体的には？」

「検討中です」

松井が露骨に溜息をついた。中矢の顔つきが変わる。伊刈の表情に変化はなかった。

「一ノ瀬の容態はどうなんですか」

伊刈を見て甲斐は言った。

「まだ把握していません」

四日前、立花との試合後に一ノ瀬は控室で意識を失い、緊急搬送されている。

試合は、昨年の立花と三島の試合を彷彿させる壮絶な死闘だった。試合を観戦した週刊リング編集長の寺尾は、一ノ瀬が立花の狂気を引き出したと言った。

「ジャパンからなんらかのアナウンスがあると思うのですが」

意識を失ったのが事実なら、考えられるのは頭部へのダメージだった。容態を公表できないほど深刻な状況とも考えられる。

「一ノ瀬の怪我と処分は別の話でしょう」

伊刈を見据えて、松井が言う。

「仰るとおりです」

「一ノ瀬はスターズを裏切った。ここはきっちりとけじめをつけるべきです」

「しかし、契約上は問題ないんです」

「ここで運営が厳しい態度で臨まないと、後に続く人間が出てきますよ」

松井の言い分は一理あった。いまだに出番のない二軍、三軍の選手には相当に不満が溜まっている。

「松井さんのけじめとは、どういう処分ですか」

甲斐の問いに、松井が即座に反応した。

「追放でしょう」

「不破も同意見なんですか」

「もちろんです」

「待ってください」

伊刈が割って入った。

「申し上げたとおり、一ノ瀬さんの処分は検討中です。決まり次第、正式に発表するので、それまではこの件に触れないようにお願いします」

不服なのか、松井は返事をしなかった。

一ノ瀬を切れば、ジャパンに行く。それは伊刈もわかっている。

伊刈が甲斐に顔を向けた。

「今日お呼び立てしたのは、三島さんの件です」

甲斐の挑発に対し、三島が札幌でコメントを出した。甲斐に対し、かなり辛辣な言葉を並べたが、対戦は拒否しなかった。ただし、スターズに上がるつもりはないと三島は明言している。

三島の主張は間違っていない。筋も通っていた。

「甲斐さんが、三島さんの名前を出した、その経緯からまずは伺いたいのですが」

「経緯もなにも、俺が売った喧嘩を三島が買った。それだけのことですよ」

伊刈が中矢と顔を見合わせた。

「回りくどいな。訊きたいことがあるなら、はっきり言ってくれていいですよ」

「ジャパンとどこまで話ができているのかってことだ」

中矢が口を開いた。

「俺が裏でジャパンと繋がっているとでも？」

呆れて言ったが、伊刈も中矢も否定しなかった。そもそもは、運営が一ノ瀬を制御できなかったことに端を発している。文句を言われる筋合いはなかった。

「ジャパンの代表の性格は知ってるでしょう。これが仕掛けだとする。あの人が俺のアングル《アングル》に乗りますか」

裏切り者は許さない。新田はそういう男だった。二度と相容れることはない。それは覚悟の上でジャパンを退団したのだ。

「あくまで甲斐さんの独断で三島さんに喧嘩を売ったということですね」

「一ノ瀬が引き抜かれたのか、そうではなかったのか、俺は知りませんよ。ただ、ジャパンは一ノ瀬を上げた。それはスターズと事を構える覚悟を固めたということでしょう。ジャパンが一ノ瀬を上げるなら、こちらは三島を上げる。それで痛み分けになる」

「なるほど」

「まあ、きれいごとを言えばね」

「どういう意味ですか」

「本音を言えば、一ノ瀬が羨ましかった。立花戦をいとも簡単に実現させた。俺も三島と闘いたいと思った。だから秋波を送った」

「一ノ瀬と同じ理屈だな」

中矢が吐き捨てた。運営チームで唯一のレスラー上がりである。デビューはジャパンだが、若手の頃に退団し、以後のキャリアはインディー団体を主戦場にしていた。たった一、二年の在籍でも、先輩になる。業界の馬鹿げた慣習だった。

「それが悪いのか」

「勝手をするなということだ」

「満足のいくカードを組んでから言え」

中矢の顔が紅潮した。素人と三流の元レスラーが、一流のマッチメイクを担う。運営が機能していないのも当然だった。

「よしましょう」

伊刈が冷静な声で言った。

「三島さんの件については確認ができました」

「疑いは晴れたんですか」

「もともと疑ってなどいません。甲斐さんはスターズの顔ですから」

「まだ誰が顔なのか決まっていませんが」

伊刈が苦笑いを浮かべた。

「ところで、三島さんのコメントに対して、まだ返答をされていないようですが」

「三島は対戦を呑みましたからね。次は行動に出ますよ」

「三島さんは、ジャパンの試合を希望していますが」

「向こうの代表が許せば」

「新田さんが許しても、スターズの契約上、甲斐さんのジャパン参戦を許可することはできませんが」

「それなら、三島をスターズに上げればいい」

「難しいことを言われる」

「俺も立場上、引けないですからね。三島を二度裏切ることになる」

「二度ですか」

伊刈が呟き、ひとりで納得したように頷いた。

二年前、甲斐は世界ヘビーのベルトを持ったままジャパンを退団した。王者の責務を放棄したのだ。返上ではなく剝奪扱いになったベルトを獲ったのは三島だった。

本来なら、団体を去る以上、試合で次に託すのが王者の務めだった。周郷たちを引き連れての退団だけでなく、剝奪という負の要素まで三島に背負わしたのだ。その借りは忘れていない。

「私は三島の参戦には反対ですね」

松井が言った。

「考えてみてください。我々は、赤城会長の理念に賛同して、それぞれの団体を解散させた上でスターズに参加した。それに反して団体活動を続けるジャパンの選手をスターズに上げるのは筋が通らないでしょう。もちろん、甲斐さんがジャパンに上がることもです。まあ、それはないと思いますが」

松井の言い分は正しい。正しいがつまらない。

「悔いは残したくないんでね」

甲斐は松井に顔を向けた。

「どんな遺恨も因縁も、リングの上で白黒をつけることに意味がある。そうじゃないと夢がないじゃないですか」

暗に不破と一ノ瀬の関係を口にした。松井は押し黙り、横を向いた。


「使えんでしょう、あの連中」

帰りのエレベーターのなかで松井が言った。

「松井さんはいつも会議に？」

「カードへの注文をつけに。なんせ、運営があの体たらくですから」

注文はカードではなく勝敗にだろう。思ったが口にはしなかった。

「このままでは、横浜でドームのカードが発表できるかも怪しいもんだ。そう思いませんか」

横浜のカード。甲斐が提示されたのは、ＧＷＡの金子との再戦だった。不破は日本プロレスの周郷。ともに福岡と同じカードである。これだけの面子が揃っていながら、意味のない再戦を組む。運営は動員に苦戦した札幌からなにも学んでいなかった。

地下の駐車場でエレベーターを降りた。

「一度、不破と直接話ができませんか」

「どういう内容ですか」

「ドームの件です」

「具体的に言ってもらわないと、私も話を繋げられませんよ」

松井が面倒な性格を見せる。

「今年二度目のドームです。俺は、不破とのシングルしかないと思うんですけどね」

「それは時期尚早でしょう」

「もう旗揚げから半年ですよ」

「甲斐さん、まだ半年ですよ」

「いつまで待てばいいんですかね」

「その言い方はちょっと。まるで不破が対戦を避けているかのようだ」

「そう聞こえましたか。不破との対決は使命だと思っているもんで」

「甲斐さん、勝手が過ぎませんか。この間までは一ノ瀬戦を要求していたでしょう。それが実現しないとなると、立花の名を出し、その次は三島だ。この状況で出されるほど不破の名前は安くないですよ」

「名前を出さないと、なにもはじまらないでしょう」

「いかにもジャパンのやり方だ」

「GWAは違いますか」

「不破は好かないですね」

やり方は確かに違う。しかし、レスラーはリング上で表現する試合がすべてだった。それにはジャパンもGWAもないはずだった。

「ドームで不破とやるのは厳しいですかね」

「甲斐さんとの対戦の重要性は、不破も承知しています。ただ、気運はまだ熟していない。しかるべきときが来れば、おのずと実現しますよ」

「俺は焦りすぎですか」

「クリアしなければならない問題もありますしね」

「例えば？」

「勝敗にしたってそうでしょう」

「それは、試合が決まってからの話でしょう」

「甲斐さんが折れるなら、話は早いかもしれませんね」

負《ダウン》けを呑むなら。不破は呑まない。松井は暗に仄《ほの》めかしていた。

「俺が決めることじゃない」

「私もそう思いますよ。しかし、あの素人連中に、この歴史的な一戦を任せられますか？」

答えられなかった。

「だから、時期尚早なんですよ」

不破との対戦を実現させずして、スターズに参加した意味はない。しかし、実際に闘うにはいくつもの障壁があった。巡り巡って不破と同じリングに立ついまも障壁はある。

思い描いた通りにはいかないものだった。

2

道場で過ごすことが多くなった。

試合は月に一度で、巡業もない。時折、イベント等の仕事はあっても、日付をまたいで帰宅することはなくなっていた。

スターズは道場を持たないため、横浜の菊名に開いた日本プロレスの道場をそのまま使っていた。周郷、坂本、小椋、宇野の日本プロレス所属の四人だけでなく、旧ジャパンの選手にも開放している。

事務所は道場が入る雑居ビルの二階にあった。スターズ参加にあたり社員は解雇し、いまは事務員をひとりだけ置いている。日本プロレスの名は残るが興行は打たず、業務は道場運営の他に甲斐のマネジメント程度で、個人事務所のようなものだった。

毎日、午前中に道場へ行く。

周郷たちがいることもあれば、旧ジャパンの面々や、面識のないインディーの選手が練習していることもある。今朝は坂本と高平がいた。高平は昨年までジャパンに所属していた。一時期はジャパンのジュニアヘビー級の顔だったこともある。

基礎トレーニングを終え、甲斐は汗を拭った。

坂本が甲斐のそばで練習をはじめた。周郷と坂本は、スターズとの契約後も変わらず顔を出す。小椋は自宅近所のジムを使っていた。宇野は二軍落ちが決まってから顔を見せていない。

坂本たちの世代は層が厚い。年齢はそれぞれ異なるが、ジャパンの倉石や佐久間たち、それにGWAの金子や、一ノ瀬派に数えられる滝澤も同世代だった。

宇野には、札幌大会の前に一度泣きつかれた。二軍落ちをどうにかしてほしいと訴えられたが、甲斐にそんな力はなかった。かりにあったとしても手助けをするつもりはない。レスラーは自分の力で這い上がるしかないのだ。

「宇野はどうしてる」

坂本に訊いた。

「不貞腐れてるんじゃないですか」

「道場に来るように言え」

二軍落ちはチャンスでもある。開き直り、これを機に日本プロレスの宇野というイメージを壊してしまえばいいのだ。

「GWAは優遇され過ぎじゃないですか?」

「そう思うか」

「バランスが悪いですよ。なにか裏があるのかと勘繰りたくなる気持ちもわかります」

「宇野がそう言ってるのか」

「みんな言ってますよ。露骨すぎるじゃないですか」

不破と海老原は別格だが、三番手の金子以下になると、GWAにたいした選手はいなかった。二軍には昨年までジャパンに所属していた選手が多くいる。ジャパンのトップ陣は新田のもとに残ったが、旧ジャパン勢の選手層の厚さはGWA以上だった。だが、試合出場の機会は与えられていない。坂本が指摘する通り、一軍の顔ぶれは偏っていた。

スターズ発足に伴い、国内のすべての団体は解散した。参加選手は個々にスターズと試合契約を結ぶ。それぞれ所属団体を名乗るが名目上に過ぎず、日本プロレス同様にGWAという団体はもはや存在しない。しかし、GWAの連中から感じるのは結束の強さだった。それは日本プロレスは無論、旧ジャパン勢にもないものだった。

日本の業界の再編は、海外でも注目されていた。特にアメリカでは、二大メジャー団体の苛烈な興行戦争が佳境に入っていた。場合によっては一方の団体が斃《たお》れ、統一も現実味を帯びている。スターズの業界再編の成否は恰好の事例になるだけに失敗は許されなかった。

坂本が小さく声を上げた。

入口に眼をやる。笑みを浮かべた森が立っていた。

「よう」

「どうも、お久しぶりです」

「ジャパンの現場監督がなんの用だ？」

「近くまで来たので寄ってみました」

周郷と坂本がぎこちなく挨拶する。高平は背を向けていた。

森は黒革のケースを持っていた。

「上に行くか」

森を誘い、道場を出た。階段で二階へ上がる。事務員は不在だった。

「適当に座ってくれ」

冷蔵庫を開ける。水しかなかった。

「水でいいか?」

「なんでもいいですよ」

向かいに座ると、森が黒革のケースを机の上に置いた。

「もう用無しか」

「新世界ヘビーは封印することになりました」

ケースを開ける。日本プロレスの一周年興行に合わせて製作したベルト。ほんとうなら今年の二月、初代王者の座をかけたトーナメントを開催するはずだった。

スターズ参加に伴う解散で一周年興行は流れ、完成したベルトは披露することもなく、事務所に保管していた。そのベルトを借り受けたい、と森から申し出があった。新世界ヘビー級王座の名称は変えない。甲斐の出した条件はもちろん本気ではなかったが、森はジャパンのタイトルを一新し、新世界ヘビーの名をそのまま使用した。

森の頭には、立花復帰のプランがすでにあったのだろう。新世界を餌にして、立花を嚙みつかせたのだ。

「一ノ瀬は、どういう状態なんだ?」

立花と一ノ瀬の試合はノンタイトル戦だったが、試合後、立花は動けない一ノ瀬のそばにこのベルトを置いて退場した。週刊リングの最新号は、その場面が表紙だった。巻頭からジャパンの札幌大会を特集し、立花と一ノ瀬の試合は編集長の寺尾が自ら伝えていた。

「明日、一般病棟に移る予定です。まだ当分入院ですが」

「頭をやったのか」

森が逡巡を見せた。甲斐は黙って森が口を開くのを待った。ジャパンはいまだ一ノ瀬の容態について説明していない。緘口令《かんこうれい》を敷いているのか、情報は一切聞こえてこなかった。

「ここだけの話にしてもらえますか」

「わかってる」

「急性硬膜下血腫でした」

想像以上の重傷だった。

「一ノ瀬の容態は？」

「二日昏睡していましたが、いまは意識もあります」

「障害が残るのか」

「それはまだわかりません。普通の生活に支障がないところまで快復するケースはあるそうです」

普通の生活。リングに戻るのは無理だということか。

「立花は？」

森は試合中の事故で頸椎《けいつい》をやり、引退した。相手は立花だった。同期を引退させたことで立花は覇気をなくし、戒めとして自分を殺した。

「昔のようなことはないと思います。内心はわかりませんが」

試合中の事故である。危険ではない技などない。受け身《バンプ》の取り方ひとつ間違えれば、死に繋がる。感覚が麻痺しがちだが、そういう世界にいる。

「惜しいな」

「まだ引退が決まったわけじゃないですよ」

「良い試合だったのか」

死闘であったことは、記事を書いた寺尾の熱量でわかる。スターズでの試合と同様に、立花にも真剣勝負《シュート》を仕掛けたのだろう。

「札幌の試合が最後になったとしても、悔いはないと思います」

一ノ瀬は何年か表舞台から離れている。復帰を決めた理由には不破との決着《ケリ》だけではなく、立花との対戦もあったのだろう。

「札幌の後、一ノ瀬はどうするつもりだったんだ?」

「俺はジャパンで使いたいと思ってました。新田さんは反対していましたが」

一ノ瀬の怪我は結果に過ぎない。もしもスターズに戻る意思があるのなら、一ノ瀬と闘う機会もあっただろう。

不破は、一ノ瀬の怪我になにを思うのか。

「立花と三島の仲はどうなんだ?」

「相変わらずですよ」

「まだ口も利かないのか。和解したもんだと思ったが」

「あいつらはそれでいいんですよ。互いに避けては通れない相手ですからね。いずれ相まみえるときが来るのを待っているんじゃないですか」

三島は新生ジャパンの再始動後目立った働きをしていないが、その存在は大きかった。三島があえて先頭に立たなかったことで、佐久間の世代が中心になり、レスラーとしてランクアップしたとも言える。

「用は済んだので帰ります」

森が腰を上げた。

「土産話があれば伝えますが」

三島への土産。甲斐の挑発に、三島は応えた。話はそこで止まっていた。

「すまんが、いま言えることはない」

「スターズは、三島との試合に後ろ向きですか」

「実現は難しいかもしれん」

「うちも三島もダメージはないですが、いいんですか、天下の甲斐が」

その通りだった。逃げたと見なされるのは、スターズと自分である。

「焚きつけるな」

「このまま消滅させようとは思ってないんでしょう?」

「ああ」

「それを聞いて安心しました」

三島の男気に応えてやれないのがもどかしい。ジャパンのリングに上がることはできる。しかし、それをやれば、スターズの理念は形骸化する。不破との対決は遠のき、場合によってはスターズの崩壊に繋がる。

ひとりになり、ベルトを眺めた。森に貸し出したときにはなかった細かな傷がいくつかある。使用されることのなかったベルトは、ジャパンのリングで日の目を見た。立花のプロレス復帰に一役買ったのなら、このベルトにも意味があったのか。

傷を指でなぞる。繰り返していた。

3

六本木の事務所に呼ばれた。

前回と同じミーティングルーム。甲斐と伊刈の二人だけだった。

「申し訳ないですが、三島さんとの対戦は難しいかもしれません」

伊刈が頭を下げた。

「GWAが反対していますか」

「それが旧ジャパン勢からも声が上がっていまして」

ジャパンのトップ選手は新田のもとに残ったが、中堅は軒並みスターズに参加した。そのなかには新田体制でリストラ候補に数えられていた面々もいる。高平が菊名の道場に来た森を露骨に無視したのも、選手のリストラを図った新田と、その査定をした森への嫌悪感からだ。

「黙らせとけばいいでしょう」

伊刈が苦笑した。心なしか頬がやつれている。横浜大会まで二週間を切っているが、ドームのカードはいまだ決まっていない。

三島をスターズに上げるのは難しい。ならば、甲斐がジャパンに乗り込むしかなかった。反発は必至だろう。

「三島とやるなら、ジャパンですかね」

「それは許可できないと申し上げました」

「契約の縛りなら、スターズが特例で認めてくれたらいい」

「できません」

「なら、契約解除にしますか?」

伊刈が押し黙った。

「あくまで三島さんにこだわりますか」

「喧嘩を売ったのは俺ですからね」

「甲斐さんは、どこまで考えられているのですか」

伊刈が踏み込んできた。

「三島との試合を皮切りに、ジャパンとの全面対抗戦ですかね」

「その先は」

「ジャパンを潰しますよ。ジャパンがスターズに合流して業界の再編は成ると思ってます」

「ジャパンの合流については、私も同じ考えです」

「それなら、進めればいい。俺が先陣を切りますよ」

伊刈が頭を振った。前身はジャパンの代表である。複雑な立場ではある。

「新田さんは、全面対抗戦を呑みますか」

「まず呑まないでしょうね」

「なにか考えがあるのですか」

なし崩し的に全面対抗戦に持っていく。策というほどではないが、他に思いつかなかった。スターズが正式に交渉しても、新田はおそらく応じないだろう。

「横浜の売れ行きはどうなんです?」

「まだ二週間ありますから」

売れ行きは芳しくない。目玉になるカードがないのだ。当然だった。

「メインのカードは決まったんですか」

「海老原対坂本です」

甲斐は呆れた。その試合を誰が見たいというのか。せめて滝澤だろう。一ノ瀬派に数えられるため、ＧＷＡ勢との試合は組まれないが、懐の深いレスリングをする。同世代の周郷や坂本、それにＧＷＡの金子らと比べると、実力は抜きん出ていた。

滝澤が一ノ瀬と行動を共にしたのは、ＡＷＦの分裂から数年で、その後は袂を分かっている。この世代にはめずらしく団体経営の経験もあった。一ノ瀬を拒絶するＧＷＡ勢の心情はわからなくもないが、滝澤は別に考えるべきだった。

第一回大会のドームは超満員を記録した。ドームを埋めた観客にプロレスの底力を感じた。福岡、大阪でも熱はあった。しかし、名古屋あたりから潮目は変わった。すべてはスターズのマッチメイクが機能していないことに起因している。運営はファンが求めるカードを組めていない。

本来、マッチメイカーの権限は絶対である。しかし、運営に絶対的な力を持つ人間がいないことをレスラーは見抜いていた。松井が勝敗に注文をつけるのもそうだろう。要するに舐められているのだ。

「ドームのマッチメイクは進んでるんですか？」

「順調とは言えないです」

横浜では、十月のドーム大会のカードを発表する必要がある。二度目のドームである。ファンを唸らせるようなカードを組まなければ、観客動員は厳しい。

「ドームは、不破とのシングルしかないと思うんですけどね」

国内最強のカードである。当然、頭にはあるはずだ。

「難しいと思います」

不破が蹴ったのか。あるいは交渉すらできていないのか。

「恨みを買う覚悟がないとマッチメイカーは務まりませんよ」

「覚悟はしているつもりなんですが」

二人だけのせいか、伊刈が弱音を吐いた。

「どういう試合が盛り上がるかわかりますか」

「高度な技術の応酬でしょうか」

「こいつとはやりたくないと思う相手との試合ですよ。両者に深い因縁があれば、ファンは感情移入します。プロレスはドラマですからね。感情がリアルな方がおもしろいんですよ。仲間を裏切るにしても、それがただのシナリオじゃ観客には伝わらない。リアルな関係をも断たせるまで焚きつける。これがマッチメイカーの仕事です」

「好かれる必要はないと」

「世界中、どこの団体を探しても好かれているマッチメイカーなんていませんよ。嫌われてなんぼの仕事です。憎まれ、恨まれ、嫌悪される」

「孤独ですね」

「いいじゃないですか、孤独で」

伊刈が力なく笑った。

「新田さんは、ずっとそういう立場だったんですね」

「あの人は、トップレスラーでもありましたからね、軍隊みたいな有無を言わせない体制を敷いてましたよ。逆らう者は許さなかった。その姿勢を貫いたのはたいしたもんだと思います」

「新田さんも孤独だったんでしょうか」

「さあ、性には合っていたんじゃないですか。マッチメイカーは孤独と言いましたけど、リングの支配者なんですよ。ものは捉えようで、あの人はマッチメイカーとして、支配者であり続けた。俺はそれが気に入らなかったんですけどね」

これまで伊刈とこうした話をしたことはなかった。運営とは距離を置いていた。いずれ来たる不破との頂上決戦は、互いに一レスラーとして対等の立場で挑みたかった。

勝者はスターズのトップ、つまり国内最強を意味する。しかし、勝敗を決めるのはマッチメイカーである。そこには当然、その後の戦略も絡んでくる。スターズが、頂点は不破と定めるならそれにケチをつけるつもりはない。ただし、それが正当な評価ならばだ。

国内最強を決める試合である。誰もマッチメイクに口を出すべきではなかった。

夕方、菊名の事務所に戻った。

事務員は帰っている時間だったが、明かりがついていた。

「お疲れさまです」

岸本が顔を上げた。

「めずらしいな。いたのか」

岸本は日本プロレスの番頭だった。ジャパンでは岩屋の下で営業部員として全国を飛び回っていたが、参謀としてジャパンから引っ張った。この業界の制服組にしてはめずらしく癖がなく、信用できる男だった。

「今日は六本木と聞いたので。どうでした。ドームは決まりましたか」

「まだだ」

ソファに座り、足を投げ出した。

「三島さんの件は？」

「旧ジャパンの連中まで反対しているらしい」

「新田アレルギーですかね」

「俺と三島の問題だぞ」

「誰もそれで終わるとは思っていないんでしょう」

「だろうな」

「社長はジャパンを潰したいんですか？」

「ジャパンの合流だ。来年は世界に打って出る。ジャパンも加わるべきだろう」

「新田さんに恨みがあるわけじゃないんですね」

「恨みと同じだけ恩義がある。だが、それは関係ない」

ジャパンのスターズ合流が、どういうかたちになるのかはわからない。ただ、そのとき新田は業界を去るだろう。

岸本がコーヒーを淹れ、向かいに腰を下ろした。

「三島さんとは、どうなりそうです？」

「スターズでできないなら、俺がジャパンに行くしかない」

「運営は反対しているんでしょう」

「伊刈の頭にも、ジャパンの合流はある。問題はＧＷＡだな。一ノ瀬がＡＷＦを名乗っただけで、試合をボイコットすると脅した連中だ」

「松井さんですか」

「ああ」

「我々も泣かされましたからね」

「俺と三島の試合を認めるのは、筋が通らんそうだ。みんなそれぞれ団体を解散させた上でスターズに参加しているのに、ジャパンは活動を続けている。ジャパンの存在を認めるのは、スターズの理念に反するってな」

「一理ありますね」

「だから性質《たち》が悪い」

「GWAはジャパンの合流を避けたいんでしょう」

「なぜだ」

「ジャパンが加われば、スターズの勢力図が一変しますからね。甲斐、三島、倉石、佐久間、周郷、坂本と並べば、GWAは太刀打ちできません」

「三勢力だろう」

「社長はジャパンと見られてますよ。不破、海老原の二人は別格だとしても、あとの顔ぶれは差がありますからね。だから、松井はいまGWAのレスラーの箔付けに必死なんでしょう」

「宇野は二軍落ちだ。小椋もあやしいぞ」

「政治力の差ですね」

「俺のせいか?」

「社長が裏工作をしないのは宇野もわかってますよ。旧ジャパンの選手を一軍に上げるなら、代わりに日本プロレスの誰かを二軍に落とす。帳尻合わせのようなもんでしょう」

「勢力争いをしてなんになる」

「先はどうなるのかわからない。そう考えているんじゃないですか」

甲斐は岸本の顔を見た。

「おまえはどうなんだ?」

「俺は、業界にさらなる動きがあると見ています」

スターズ参加にあたり、迷ったのが岸本の処遇だった。仕事はできる。スターズのフロントに推すこともできたが、岸本は乗り気ではなかった。岸本が望むなら、日本プロレスに残ってもらいたかった。ジャパンから引き抜いた責任からではない。参謀として岸本は必要な存在だった。

岸本はさほど悩むことなく、日本プロレスに残った。いまのところ仕事らしい仕事はなく、出社も好きにさせているが、いまはそれでよかった。スターズが世界に進出し、マーケットが拡大すれば、岸本が力を発揮する場面はいくらでもある。

「なにか摑んでいるのか」

「キナ臭い動きがありますよ」

「なんだ」

「白川が、インディーの連中と盛んに会っているようです」

インディーの大物だった。ジャパンでもＡＷＦの出身でもないが、強烈な個性を武器に何度か業界に旋風を起こしている。スターズでは三軍に所属していた。

「三軍の連中とか?」

「スターズに選抜された者、されなかった者を含めてですね」

「なにをやろうってんだ」

「団体を興すんじゃないかと俺は見てます」

「無理だろう」

「それが、裏で怪しいのが暗躍しているようで」

「誰だ」

「ジャパンの元営業本部長です」

岩屋。新田の参謀である。

「ジャパンが絡んでいるのか」

「俺の読みでは、岩屋さん単独だと見ています。一ノ瀬さんがジャパンに上がる前からの動きですから」

「岩屋がいまさら新田を裏切るのか」

「野心を持ったんじゃないですかね。スターズが誕生して、ジャパンは勝ち目がないと思われていたのが、息を吹き返してきた。その間隙に第三勢力が入り込む余地があると見たんじゃないですか」

岩屋は新田の参謀として、この十年ジャパンを動かしてきた。相当に癖の強い男だが、ブッカーの手腕は確かだった。

「白川がインディーをまとめるのか」

「顔ではあると思います」

インディーにどれだけの団体が存在したのかは、マスコミも正確な数を把握していなかった。純粋なプロレスで勝負する団体があれば、レスラーを名乗るだけで、素人がリングに上がるようなふざけた団体もあった。

「二軍メンバーの試合がはじまりましたけど、まだ一部です。三軍の試合は、いつになるのかすらわからない。干されているのと同然でしょう。業を煮やしたとしてもおかしくはありません」

　リングでしか生きられない男がいる。白川はインディーで一時代を築いた。強すぎる個性ゆえに敵も多かったが、リングで輝きたいと願うのはレスラーの性《さが》だった。

「うまくいくと思うか？」

「いかないでしょうね」

　岸本が即答した。

「スターズはなぜ巡業をやらない。試合があれば不満も抑えられるだろう」

　当初の計画は、一軍と二軍を二つに分けて東西で巡業を行い、三軍は都内の専用会場で随時試合を行うというものだった。その後、一軍は本大会のみに専念し、巡業は二軍と三軍で行うと変更されていた。

「ノウハウがないのがひとつ。本大会に掛かりきりなのも大きいんでしょう。毎月アリーナクラスの大会を自主興行でやっているわけですから」

「半数以上の選手が遊んでいるわけだろう」

「だから赤字だと思いますよ。それは想定内なんでしょうけど」

「どういうことだ」

「三軍は故意に干しているんだと思います」

「理由は」

「必要ないからでしょう」

　三軍の顔ぶれは、主にインディー系の各団体の主力だった。つまりは、客を呼べる面子である。それを押さえているから、スターズの選抜に漏れた多数のレスラーは活動できないとも言えた。団体を興そうにも核となる選手がいないのだ。

「白川にまともなレスリングができますか。インディーだから通用した。ごまかすことができた。所詮はそのレベルです」

　演出による強さ。それは確かにある。白川は自分より劣る選手でまわりを固め、常に自らが一番輝くように演出した。頭角を現す者は排除した。それはインディー界に共通したやり方だった。そもそもは、メジャー団体で通用しない者たちの集まりである。自らが主役になれないなら、主役になれるリングを作る。そうして団体が乱立し、名ばかりのレスラーが業界の質を下げた。

「二軍の試合ははじまった。三軍もないと決まったわけじゃない」

「いま、三軍のなかでどれだけの選手が練習していると思いますか。一握りですよ。俺はいくつかインディー系の道場を回りましたけど、人気《ひとけ》はなかったです。まあ、そんなものでしょう。試合はないが、食って遊ぶだけの金はある。いまはまだ練習を続けている連中も、これが一年になり、二年になったらどうでしょうね」

「無駄な金を使ってまで飼い殺しにするか。なぜそこまでやる必要がある」

「名ばかりのレスラーを駆逐するためでしょう」

　試合が組まれない二軍、三軍の選手の不満は高まっている。白川もそのひとりだった。なまじ発信力があるだけに、運営もいつまでも無視することはできないだろう。

「おまえは、どこまで摑んでるんだ？」

「俺も半年間遊んでいたわけじゃないですから」

岸本は質問をはぐらかした。みなまで言う気はないということか。

「白川や岩屋の話が事実だとしたら、どうするつもりだ？」

「放っておきましょう」

睨みつけたが、岸本は動じなかった。

「業界はこれからまだ揺らぎますよ。運営があの有り様では、必ず綻《ほころ》びが生じます。壊れるときは早いですよ」

「それを承知で静観するのか」

「スターズは業界を再編した。しかし、統一したわけじゃない。俺はそう思います」

「ジャパンが合流すれば、統一になる」

「それでほんとうにいいんですかね」

「どういう意味だ」

「統一が成ったとしても、それはスタービールの資本に屈したことになりませんか。それが真の統一なんでしょうか」

「今更そんなことを抜かすのか。世界で勝負するなら、国内はまとまるべきだろう。ジャパンの力は必要だ」

「そうなんでしょうね」

「スターズに参加するべきじゃなかったと言いたいのか」

「社長の決断は正しかったと思います。社長が動かなければ、スターズの業界再編はなかったでしょうし」

日本プロレスの一周年興行。転べば後がない状況に、一周年に賭ける思いは岸本も同じだった。自分の城を捨てることに躊躇《ためら》いがなかったわけではない。しかし、その躊躇いを打ち砕くほどスターズの計画は魅力だった。参加しない選択肢はない。レスラーの本能がそう判断した。

「業界は死に体でした。日本プロレスの一周年興行が成功していたとしても、先行きは見えなかった。スターズの功績は、業界を蘇らせた点にあると思います」

「わからんな。スターズの業界再編は認めるが、統一には反対なのか」

「俺は、甲斐というレスラーに惚れています。社長にはリングで誰よりも輝いていてほしい。ただ、スターズのリングに立つ社長にはなぜか違和感が拭えません」

「今更だな」

「確かにそうですね」

「俺はスターズでやっていくと決めた」

「不破戦を実現させるためですか」

「俺たちの世代の使命だ」

「闘う者以外の思惑や、権力闘争がはびこるリングでやる意味がありますか」

「俺になにを言わせたい」

「不破との対戦が実現したとしても、現状なら不破の勝《アップ》ちでしょう。社長はそれでも夢の対戦の実現にこだわりますか」

「決めつけるな」

「GWAはそれに向けた動きかけをすでにしていますよ」

「もういい。この話は終わりだ」

岸本が腰を上げた。

「ひとつ訊いてもいいですか」

眼で促した。

「昨年の武道館の三島─立花戦、札幌の立花─一ノ瀬戦。あれはプロレスですか」

力と力の勝負。不破とは縛りのない試合をしろということか。

甲斐の答えを待たず、岸本は視界から消えた。

4

ジャパンは、西日本の巡業中だった。

先シリーズの最終戦で一ノ瀬を下した立花も参戦している。

ジャパンの最終戦は大阪。その四日後がスターズの横浜大会だった。メインイベントは海老原対坂本。セミファイナルは甲斐対金子。不破は周郷。

小椋は、二軍のGWAの中堅と一軍の座を賭けたシングルだった。すでに二軍に落ちた宇野の出番はない。

一ノ瀬は、東京に戻っていた。週刊リング編集長の寺尾の情報である。退院ではなく札幌から東京の病院への転院だという。

森が菊名に現れた翌日、ジャパンは会見を開き、札幌大会後の一ノ瀬の緊急搬送が、頭部の負傷であったことを発表した。頭部の負傷の詳細や復帰時期については、本人の意向という名目で触れていない。

それを受けてか、運営は一ノ瀬の処分を保留にしていた。

寺尾は、家族の許可を得て、一ノ瀬と面会していた。思ったより元気そうだった。寺尾が言ったのはそれだけで、なにを話したのかは明かさなかった。

ジャパンの最終戦の当日、寺尾から電話があった。

「大阪入りがあるのかと思ったんだが」

「菊名だ」

三島の返答に対し、乗り込むには打ってつけの舞台だった。

「動かないということは、スターズが三島戦に前向きではないということか」

「こっちにも事情がある」

菊名の事務所だった。午前中もスターズの運営から遠回しに居所を確認する連絡があった。紙面を使い、三島を挑発したのは甲斐である。三島はそれに対し、いつでも試合に応じると答えた。本来なら、甲斐がジャパンに乗り込む場面だが、運営の許可が下りていない以上、勝手に動くことはできなかった。

「ジャパンとの対抗戦がはじまるのかと期待したんだが」

寺尾が言う。スターズ内で、三島戦に反発の声があることは摑んでいるはずだ。あえて皮肉を言う。遠慮のない男だった。

「三島はなにか言ってるのか」

「コメントは一切出していない。こちらも触れるのには覚悟がいる」

時計に眼をやった。これから大阪に向かったとしても、間に合うかは微妙だった。寺尾はぎりぎりの時間を狙って電話をしてきたのだろう。それもまた腹立たしかった。

「まさか、このまま終わるんじゃないよな」

「ノーコメントだ」

「取材じゃない」

俺にも立場がある。思わず言いかけた。立場とはなにか。契約を理由に試合が許されない。それを言い訳にすることはできなかった。喧嘩を売ったのは自分である。

「動きを見せるのは、スターズの横浜大会だという向きもあるが、俺は信じていない。三島の男気に対して礼を欠く」

「取材じゃないと言ったな」

「ああ」

「少し待てと、三島に伝えてくれ」

「諦めたわけじゃないんだな」

「当たり前だ」

「それならいい。悪いが、伝言は断る」

「なぜだ」

「溜め込んだ怒りを吐き出す三島が見たい」

「それが本音か」

「ジャパンは、スポンサーが二社離れた」

寺尾が口調を変えた。

「客は？」

「どこも満員だ」

客入りは悪くないのにスポンサーが離れた理由。スターズの圧力ということか。あるいは親会社であるスタービールの顔色を窺ったのか。

最終戦のメインは、世界ヘビー級選手権試合だった。挑戦者は篠原。立花は二度目の防衛戦になる。

翌朝、スポーツ紙の一面を見て驚いた。リング上で立花と三島が対峙していた。

事件が起きたのはメインの試合後だった。篠原を下し、二度目の防衛を果たした立花がリングに三島を呼び入れたのだ。超満員の観客が騒然とするなか、立花はマイクを使わず、三島と短い言葉をかわした。三島を次期挑戦者に指名したと取ることもできるが、それなら観客にアピールしないのは不可解だった。

立花も三島もマスコミの質問にはノーコメントで通している。

なにかが動きはじめている。予感があった。

二日後、横浜大会を迎えた。

雨で、試合開始時間を迎えても目立つ空席は、休憩が明けても埋まらなかった。

盛り上がらない試合が続いた。

他団体同士の組み合わせが中心だが、特別なテーマは設けられていない。選手間の関係も希薄だった。

興行は月に一度で、控室も練習時間も所属先ごとに分けられている。日々の練習場所も別では、選手間の距離が縮まらないのも無理はなかった。馴れ合いは必要ないが、より高度な攻防を見せるのに、互いを知って損はない。

せめてスターズが合同の練習場所を持てばとは思う。それを進言したこともあるが、聞き入れられなかった。

二軍落ちが決まった小椋は、控室に戻ると荷物をまとめ、残りの試合を見ることなく会場を後にした。

先に二軍に落ちた宇野は、一度酒の席に呼び出した。

宇野は躰の張りがなく、酒が進むと甲斐を詰《なじ》った。ジャパンを出るんじゃなかった。その言葉は重く響いた。周郷も坂本も小椋も宇野も、甲斐を信じてジャパンを退団した。甲斐に人生を狂わされたと言われたらその通りだった。宇野だけではない。社員も同様だった。日本プロレスを一年経たずに畳んだ事実は消えない。解雇した社員には十分な金を渡したが、それで責任を果たしたとは言えなかった。

横浜では、特設花道を設け、両コーナーともそこから入場する。

出番が近づき、控室を出た。長い廊下を歩き、ステージ裏の前室で待機する。

赤コーナー側の前室に入ると、メインに出る海老原がすでにいた。次の出番で、入場口に待機しているはずの不破の姿もあった。

海老原はガウンのフードを深く被り、集中していた。不破とは一瞬眼が合ったが、言葉は交わさなかった。

前室にはモニターが用意されていた。試合が終わり、リングが無人になった。

モニターに東京ドーム大会の告知が流れる。

出場予定選手の顔が順に映し出された。カードの決定は聞いていない。苦し紛れに出場選手の紹介だけで済まそうという腹なら愚の骨頂だった。

一軍の顔ぶれが出揃ったところで画面が変わった。

特別参戦。不意に、大音量でテーマ曲が鳴り響いた。悲鳴のような歓声が起こる。真っ先に反応したのは海老原だった。

モニターが、花道を歩く立花を映し出していた。スーツ姿で、世界ヘビーのベルトを肩にかけている。

大阪での立花と三島がリング上に立つ姿に、なにかが動きはじめた予感があった。しかし、立花のスターズ登場は予想していなかった。

長い花道を歩いた立花が、無人のリングに上がる。マイクを手に中央に立った。

「がらがらだな、スターズ」

第一声。

「一流だけを集めたリングだと聞いたが、おまえら、今日の試合に満足したのか」

立花がゆっくりと四方を見回す。

「俺が評価してやろうか。どれも酷い試合だった。金を払う価値はないな」

客席からブーイングが起きる。立花は動じることなく笑みを浮かべた。

「このリングに集まるのは一流なのか。ほんとうにそうか？」

ブーイングがさらに増す。それに混じって歓声も聞こえた。

「ここのトップは誰だ？」

立花が観客に問いかける。

「甲斐か、不破か。誰が決めた。甲斐も不破も、過去の栄光に浸っているだけだ。甲斐がなにをしたか、おまえらは忘れたのか。ジャパンを退団し、糞みたいな団体を興した。その先はおまえらも知っているだろう。見向きもされず潰れる瀬戸際だった。所詮はその程度のレスラーだ」

大言を吐くのはいい。だが、限度がある。

「不破は、ＡＷＦが割れて以降なにをした。主張のない連中を集めて、仲間内でマスを掻いていただけだ。甲斐も不破もスターズの金に眼が眩んで、てめえの団体を畳んだんだ」

ブーイングの場面だが、観客は立花の話に聞き入っている。甲斐の位置から不破の表情は見えない。海老原は立ったまま厳しい顔でモニターを凝視していた。

「甲斐と不破がトップなら、なぜ頂点を決めない。おまえらはその対決が見たいんじゃないのか。どちらかが対戦を避けているのか。スターズに試合を組めない事情があるのか」

同意するように客席から歓声が上がった。

「このリングに一流が集まっている。それは妄想だ。飼い馴らされた雑魚《ざこ》が、スターズがぶら下げた餌にまとわりついている。それがこのリングの現実だ」

会場が静まり返った。

「おまえらに教えてやる」

立花が世界ヘビーのベルトを掲げた。

「いまプロレス界で活動している団体は、ジャパンとスターズだけだ。スターズにタイトルはない。俺が唯一のチャンピオンだ」

大歓声が起こる。

「俺がこれだけ喋ってるのに、誰も出てこない。これが現実だ。いいか、よく聞け。ここに、プロレス界でただひとつのベルトがある。この事実を以って、俺は最強を名乗るぞ」

海老原が飛び出して行った。

唸るような歓声が前室まで響いていた。甲斐は腰を上げた。

「行かないのか」

不破に声をかけた。性に合わないことはわかっている。しかし、ここで出ていかなければスターズの面目は丸潰れだった。

ステージから花道に出た。リング上で睨み合う立花と海老原が見えた。

二人は同世代である。甲斐のライバルが不破なら、海老原は三島をライバルと見なされ、常に比較されていた。中堅のひとりに過ぎなかった立花の名が挙がることはなかった。

海老原と並び、立花と対峙する。この立ち位置は気に入らない。しかし、会場の異様な熱は立花が起こしたものだった。

新たに歓声が沸く。青コーナー側の前室にいた周郷、坂本、金子。すでに試合を終えた滝澤の姿もあった。

六人で立花と対峙する。

「これで終わりか？」

立花がマイクを使う。

「図に乗るなよ」

甲斐が言っても立花の笑みは消えなかった。悪役《ヒール》を演じているのではない。この男は地《じ》で楽しんでいる。

「不破はどうした。ひとりでマスを掻いてるのか。俺が一ノ瀬を毀《こわ》したのを根に持ってるのか」

観客の絶叫。不破が花道を全力で駆けてきた。これまでに見たことのない怒りの形相だった。

リングに飛び込んだ不破が、その勢いのまま立花に躍りかかる。強烈なエルボーがヒットし、立花の躰がロープまで吹っ飛んだ。なおも襲いかかろうとする不破を金子が止めた。

不破の顔が赤い。額から流血していた。甲斐はトップロープを掴む立花の手を見ていた。倒れまいと強く握りしめている。カウンターを放ったが、不破のエルボーをまともに食らった。それが効いているのだ。

不意に退場口が開き、ライトが集中した。三島。倉石や佐久間もいた。

運営にはなにも聞いていない。海老原たちも互いに顔を見合わせている。

三島を先頭に、倉石、佐久間、篠原、塚田、溝口がリングに上がった。

ジャパン勢は立花を含めて七人。スターズ側も七人だった。

甲斐は三島の視線を感じた。倉石は海老原に顔を寄せて威嚇している。不破の出血はまだ続いていた。

一触即発の空気に、リング上は混沌としていた。

滝澤が佐久間に蹴りを放つ。それをきっかけに乱闘になった。

立花を狙う。その前に三島が立ち塞がった。袈裟斬りの手刀。首筋にまともに食らった。脳天から電流が貫くような衝撃があった。

もみくちゃになる。ゴングが乱打されるなか、顔面を血に染めた不破が立花と睨み合っていた。

5

横浜大会の翌日、六本木に招集がかかった。

スターズの事務所のミーティングルーム。運営からは伊刈と中矢。そしてＧＷＡ番頭の松井。驚いたことに、不破と海老原の姿があった。

不破は額に包帯を巻いていた。立花に割られた傷だった。

映像を確認したが、立花は捨て身でパンチを放ち、不破のエルボーを正面から受けていた。

甲斐には、立花があえて受けに行ったようにも見えた。

観客の興奮が冷めやらぬなか、不破は血止めもせず、そのまま試合に臨んだ。

周郷とのシングルだったが、顔面を血に染めながら、不破は荒々しいファイトに終始し、周郷を圧倒した。

主役は立花に持っていかれたが、こと試合に関しては、横浜の主役は不破だった。

昨夜の混乱は、スポーツ紙の全紙が一面で扱っていた。

大半の記事でスターズとジャパンの全面戦争が口火を切ったと銘打たれているが、立花は対抗戦を示唆したわけではない。スターズのリングで堂々と最強を名乗っただけだ。

だが、全面対抗戦に持っていかない手はないだろう。スターズ側は、甲斐、不破、海老原、周郷、坂本、金子、滝澤の七名。ジャパン側も、立花、三島、倉石、佐久間、篠原、塚田、溝口の七名。立花はフリーだが、数は合っている。

十月の東京ドーム大会まで一ヵ月を切っていた。早急にカードを決め、発表する必要がある。

「事前に知らされていなかったのは問題じゃないですか」

立花とジャパン勢の来場について、松井が伊刈に説明を求めていた。

「事前にわかっていればこちらも用意ができた。うちの選手だけで事足りましたよ」

立花の挑発に対し、ＧＷＡでリングに上がったのは、出番を控えていた不破、海老原、金子の三人だった。松井はそれが不満なのだろう。事前に知っていれば、ＧＷＡ勢だけでリングを占拠できたとでも言いたいのか。

「我々も驚きました。立花さんはドームの出場を宣言するだけの予定でしたから」

「あれがアドリブだったと言うんですか」

松井が吐き捨てた。

「ジャパンの連中についてはどうなんです。ジャパンとの交渉は反対していたはずですが」

「交渉はしていません。予告なく来場し、リングに上がったんです」

「伊刈さんねえ、それじゃ話が通りませんよ」

「しかし、事実ですから」

話にならないと言わんばかりに、松井が首を振った。

裏でどういう話があったのか、ほんとうに三島たちは無許可で乱入したのか、そんなことはどうでもよかった。事実として立花とジャパン勢はスターズのリングに上がった。昨夜の乱闘騒ぎがこれだけ注目を集めている以上、ドームはジャパンとの全面対抗戦でいくしかない。

問題は、運営がその腹を決めたかどうかだ。これで対抗戦が流れるなら、ドームの動員は厳しい。

「ドームは、全面対抗戦でいくしかないでしょう」

甲斐が言うと、松井が睨みつけてきた。

「もうはじまったんだ。あんたが気に入らなくても、リングではじまったもんは、リングで決着《ケリ》をつけるしかない」

激昂する松井を無視し、伊刈を見据えた。ここで対抗戦を逡巡するようなら運営は底が知れる。

「ドームは、ジャパンとの全面対抗戦で行きます」

伊刈が断言した。

「決定ですか」

「喧嘩を売られたわけですから。早急にジャパンと話を詰め、カードを発表したいと思います」

ジャパンは当然、スターズ側のシリーズ参戦も要求してくるだろう。その話がまとまって交渉は次の段階に移る。

「GWAは、立花ともジャパンとも関わる気はない」

不破が口を開いた。

「今日はそれを伝えるために来た」

伊刈も中矢も呆気に取られていた。

「不破さんも、立花さんの挑発に応じてリングに上がられましたが」

「自分の試合をするために追い出しただけだ。ジャパンがスターズのリングに上がるなら好きにしてくれていい。GWAは今後一切関わらない」

不破が腰を上げ、ミーティングルームを後にした。松井が続く。

海老原が残っていた。立花の挑発に、真っ先にリングに上がったのは海老原だった。

「残るのか」

声をかけた甲斐に、海老原は幾分困ったような顔を向けた。

「立花とやってみたいとは思ってます」

「団体という枠は名目だ。GWAも日本プロレスももうない。不破に恩義があろうが、レスラーは結局のところひとりだ」

「俺もそう思います」

「自分が闘いたいと思うなら、ここに残れ」

「そうしたいですけどね。不破さんは裏切れません」

海老原が立ち上がり、軽く頭を下げた。

「勝手を抜かしやがる」

三人になると中矢が言い、腰を上げた。

伊刈と二人になった。

「立花にドーム出場のオファーをしたんですか」

「現状で、最も集客力を持つのは立花さんだと判断したので。駄目元でしたが、一ノ瀬の代わりに出てもいいと」

伊刈に発破をかけた意味があった。ときには味方さえも欺く度量がなければマッチメイカーは務まらない。

「大阪大会の翌日、立花さんから返答がありました。ドームに出てもいいが、横浜でそれを宣言したいと。三島さんたちの来場を告げられたのは当日です。私の独断で許可しました」

水面下でジャパンと密かに交渉していたわけではなく、大阪の翌日に電光石火の勢いで決まったということか。伊刈は、松井の問いを煙に巻いたのではなく事実を話していたのだ。

「具体的な交渉はこれからですか？」

「そうなります」

「ジャパンの窓口は誰なんです」

「森さんです」

ジャパンの狙いも当然全面対抗戦だろう。一ノ瀬の参戦をきっかけにスターズとジャパンは抜き差しならない関係に陥ったが、ジャパンは打って出る選択をしたのだ。

「GWAが加わらないのなら、全面対抗戦ではなくなりますよ」

「不破さんを説きふせるしかないですね」

伊刈が強張った顔で言う。頬が削げたせいか、青白い顔が不気味に映った。

菊名に戻ると、道場の前に記者がいた。適当にいなし、道場に入った。

リングでは旧ジャパンの選手同士がスパーリングをしていた。インクラインベンチに座り、見るともなくリングを見ていた。

大阪のリング上で、立花は三島となにを話したのか。

同期だが、立花と三島の間には深い因縁がある。昨年のジャパンと立花の壮絶な潰し合いで、三島は世界ヘビー級王者として、ジャパンの最後の砦として立花を迎え撃った。

満身創痍の立花は散ろうとし、三島は介錯するためにリングに上がった。森を特別レフェリーに指名したのは三島である。巡り合わせなのか、解散宣言により、団体の幕を下ろすことになった最後のリングに同期の三人が揃った。

死闘の末、勝利したのは立花だが、二人の因縁に終止符は打たれなかった。新田は解散したジャパンを復活させ、立花は王者として再びジャパンのリングに戻った。

二人は新生ジャパンで一度も絡んでいない。森によると、立花と三島はいまだに口も利かない仲だという。交わるときは、闘うとき。立花も三島もそう思い定めているのだ。

それにも拘《かかわ》らず、立花は大阪のリングに三島を呼び上げた。

立花がスターズのドーム大会へのオファーに返答したのはその翌日である。そして、横浜の当日、三島たちの来場予告があった。

立花と三島が直接話したことで、ジャパンはスターズとの全面対抗戦に踏み切ったとする。わからないのは、新田がそれを許したことだった。

全面対抗戦になれば、勝敗は団体の命運を左右する。ジャパンとの対抗戦が当たれば、対抗戦を長引かせる可能性もある。しかし、最後は団体の体力がものを言う。ジャパンに勝ち目はなかった。スポンサーが二社離れたというが、それが関係しているのか。それとも、他に理由があるのか。

五日後、伊刈がひとりで菊名に姿を見せた。

伊刈はさらにやつれていた。東京ドーム大会のカードは、二十日を切ってまだ一試合も決まっていない。開催も危ぶまれる異常事態だった。

「この後、ＧＷＡの事務所で不破さんに会います」

「カードは決まったんですか」

「ジャパン側は、ドームのカードについては任せると。立花さんを除いた六名ですが」

立花はフリーである。交渉は別なのだろう。

「シリーズ参戦には誰を要求してきました？」

対抗戦とはいえ興行である。ジャパンも当然、スターズ側の参戦を要求してくるはずだった。

「ありません。スターズ側の参戦は不要だそうです」

「不要？　冗談でしょう」

「必要ないそうです。対抗戦は、ドームの一戦限りが条件です」

あり得なかった。ジャパンとの全面対抗戦なら、ドームは埋まる。しかし、それではジャパンは一方的に選手を貸し出すだけになる。興行的にメリットがなかった。

選手を出す代わりに、集客を見込めるスターズの選手の参戦を要求する。その要求をどこまで呑むか。それが交渉であり、見返りを求めない対抗戦など考えられなかった。

「森さんは答えを濁しましたが、ジャパンは年末に日本武道館を押さえています」

伊刈と眼が合った。昨年末、日本武道館で開催された年間最終興行の当日にジャパンは解散宣言をした。主導したのは当時のジャパン代表であった伊刈である。

「武道館参戦の打診もないということですか」

「ありません」

新生ジャパンの再始動後、日本武道館は最大のビックマッチになる。そこにスターズ側の参戦を要求しない。つまり、自分たちだけで挑むということか。

「試合については？」

「全試合真剣勝負《シュート》を要求しています」

甲斐は唸った。森は本気なのか。

「この条件を呑まないなら、参戦はしないそうです」

「立花は？」

「同じ条件で、不破さんと対戦を希望しています」

「交渉の余地はあるんですか」

「ありません。呑まないなら、参戦はない。その一点張りです」

「どうするつもりですか」

「これからGWAを訪ねて、不破さんに直談判します」

ジャパンとの対抗戦を拒否しただけでなく、一ノ瀬のシュートに過敏に反応した不破である。口説き落とすのはまず無理だろう。

伊刈が懐から紙を取り出した。

「GWAに蹴られた場合の代替案です」

手書きでカードが書かれている。甲斐対海老原。他に目玉となる組み合わせはなかった。

海老原とのシングルもビッグマッチである。しかし、この状況ではドームを埋めるのは難しいだろう。因縁はおろか、一騎討ちに繋がるストーリーがないのだ。

背中を丸めた伊刈が帰ると、衝立の向こうから岸本が出てきた。

「完全に足元を見られてますね」

「ジャパンは本気だと思うか」

「優位なのは間違いないですね」

「シュートだ。負ければ命取りになる」

「まだ交渉の余地があるような気がしますが」

「なんだ」

「ジャパンに勝利を譲る代わりに仕事《ワーク》を提案するんです。七試合中、五勝をジャパン、二勝はスターズで。甲斐さんと三島さんの対戦は避けられないでしょう。立花さんが不破さんを指名なら、この二人の星を貰う代償として、対抗戦の勝利はジャパンに譲る」

「呑むと思うか？」

「ジャパンの武道館参戦がセットです。一勝一敗の痛み分け。それならどうですかね」

ドームで立花と三島に負け《ダウン》を呑ませ、ジャパンの武道館大会で甲斐と不破が寝る。それで四人の勝ち負けを五分とする。興行としては望ましいかたちだった。全面対抗戦の対戦成績で敗れても、立花と三島の首を獲れば、それまでの敗戦を帳消しにするインパクトがある。

「不破さんもこの案なら呑むんじゃないかと思うんですが」

「もういい」

手を振り、岸本を追い払った。

ジャパンが要求しているのは、全試合シュートだった。呑まないならドーム出場はない。駆け引きではなく、ジャパンの本気度を示していた。対抗戦は一度きり。それはドームで完全決着をつけるという覚悟に他ならない。

その日、夜まで待ったが、連絡はなかった。

伊刈は不破を説きふせることができたのか。さらに一日が経過した。耐えきれなくなり、甲斐は伊刈の携帯を鳴らした。

「連絡ができず申し訳ありません」

伊刈の声は沈んでいた。さらに言い訳を並べる伊刈を、甲斐は遮った。

「不破は説得できたんですか」

「不破さんの考えは変わらずです。ですが、甲斐さんと海老原さんのシングルは承諾してくれました」

ジャパンとの全面対抗戦が消滅する。海老原に相手として不満があるわけではない。だが、ファンがいま求めるカードではなかった。

伊刈はひとつ忘れていた。ジャパンが参戦を見送ったとしても、立花はフリーである。交渉は別だった。自分と立花のシングル。今現在、業界で最も価値のある男である。立花とのシングルならドームは間違いなく埋まる。

「俺が立花とやる」

「立花さんは、不破さん一択です。それ以外は蹴ると」

かろうじて怒りを抑えた。立花は不破しか見ていないのか。

「不破と会います。カードの発表は待ってください」

「もうその余裕がありません。一刻も早く全カードを発表し、一枚でも多くチケットを売らなければなりません」

ドームを満員にするのは諦めている。そんな口調だった。年に二度目のドームだという言い訳は通用しない。ここで不入りを記録すれば、業界再編の意義が問われる。

「四の五の言わず、ドームを満員にしたいなら待て」

声を荒らげた。伊刈の返事はない。

「聞いてるのか」

「三日が限度です」

カレンダーの日付を眼で追う。あと三日。すでにドームまで二週間を切っていた。収容人数を考えれば、この時点でカードが決まっていないのは、大会中止を検討した方がいい事態だった。

　電話を切り、道場を出た。考えれば迷う。動くしかない。

　ＧＷＡの道場は川崎にある。

　不破の居所は確認しなかった。直通の番号も知らない。松井に頼んだところで、会えるとは思えなかった。不破とは一対一《サシ》で話したい。それには道場しか思い浮かばなかった。

　日が暮れていた。

　自分はなにをしているのか。スターズのトップとして、ドーム大会を成功させる義務がある。それだけではなかった。立花はスターズのリングで最強を名乗った。その瞬間、震えるような興奮を覚えた。最強を名乗るには資格がいる。立花にその資格があることは認める。しかし、このままタダでくれてやるわけにはいかない。

　三島の袈裟斬りの手刀。横浜のリングで受けたその衝撃は躰が覚えていた。さまざまな感情が込められた一発だった。三島も最強を狙っているのなら敵である。叩き潰し、誰が最強なのかを教えてやらなければならない。

　昨年のジャパンの日本武道館。三島と立花の試合を現地で観戦した。二人の後輩のけじめを見届けるつもりだったが、命を投げ出し、持てる力の限りをぶつける二人に圧倒された。立花同様、三島もまた甲斐の知る三島ではなかった。二人の試合は確かにプロレスの到達点だった。しかしそれを頂点だと認めることはプライドが許さなかった。

　ＧＷＡの道場を訪れるのははじめてだった。倉庫風の建物で、窓もない。車を降りたが、無人だった。

車に戻り、多摩川を越えた先にある事務所に行くべきか考えた。

電話が鳴った。着信は森だった。

「どうも」

森の声はいつもと変わりなかった。

「連絡していいか迷ったんですが」

「俺もおまえに用があった」

「ドームの件ですか」

「駆け引きをしているのか」

「なにも。ストレートにこちらの要求を伝えただけです」

「それがシュートか。新田は承知してるのか」

「対抗戦が長引けば、数の力でうちは不利ですから。一発勝負で決める。わかりやすくていいじゃないですか」

「交渉の余地はないのか」

「立花はスターズのリングで最強を名乗った。スターズが対戦を避けるなら、甲斐さんも不破さんもそれを認めたということでしょう」

「待て」

「元をただせば、甲斐さんからはじまった話ですよ。三島との対戦から逃げたわけですから」

「俺は逃げたと思われているのか」

「違いますか」

スターズに三島を上げることも、ジャパンに乗り込むこともしていない。言い訳はできなかった。

「俺が不破を説得する」

「甲斐さんはどの立場なんですか」

「なんだっていい。おまえも、白紙に戻すのが惜しくて俺に電話してきたんじゃないのか」

森が黙る。損得ではない。スターズもジャパンも関係ない。レスラーの本能がこの対抗戦を流すべきではないと訴えていた。

「もう二週間を切りましたけどね。うちもいつまでも待てません」

「三日以内に返事をする」

「わかりました」

車が一台、道場の前に停まった。

「ひとつ教えろ。立花はなぜ不破を指名した」

最強を名乗る立花が、自分ではなく不破を選んだ。なんでもいい。納得のいく答えがほしかった。

「それについては直接話してないのでわかりませんが、一ノ瀬の代わりに決着をつけるつもりなんじゃないですかね」

「それだけか?」

「まあ、甲斐さんは三島の獲物と思っているのかもしれませんが」

立花らしい割り切り方だった。立ち位置は異なるが、立花と三島と森の三人は、根っこの部分でいまも繋がっている。

電話を切り、車を降りた。道場からかすかに光が漏れている。

ドアを開ける。リング上でストレッチをしていた不破が顔を上げた。

「なにか用か」

不破が言う。他に人はいない。なかに入りドアを閉めた。

「ドームの件で来た。GWAが参加しないなら、ジャパンとの対抗戦は流れる」

「先日言った通りだ。うちは関わる気はない」

「このままじゃドームは厳しい」

「それは運営の不手際だろう」

「ジャパンと絡みたくないのか。立花とやりたくないのか」

「どちらにも関心がない」

「ファンは逃げたと見るぞ」

「つまらんことを言う」

不破が立ち上がる。リング上から見下ろされているせいか、威圧感を覚えた。

「この対抗戦は、いずれジャパンのスターズ合流に繋がる。ジャパンが合流して業界の再編は完成する。俺はそう思ってる」

「ジャパンの合流に反対しているわけじゃない」

「それならなんだ」

「俺たちは業界再編のために、団体を解散させた。ジャパンはその動きに背を向け、勝手を決めこんだ。そのジャパンと関わったんじゃファンに示しがつかん。ジャパンを解散させ、スターズに合流させるのは運営の仕事だ。興行としてリングで闘うのは筋が通らん」

「立花はフリーだ」

「だから？」

「ジャパンとの対抗戦とは別の話だ」

最悪、不破と立花、そして甲斐と海老原の二試合があれば、観客動員はさまになる。

「関心がないと言った」

「最強を名乗らせていいのか」

不破が低く笑った。

「いったい、いつの時代の話をしてる」

「なぜ、立花を避ける」

「あれはプロレスか？」

「ワークでなければプロレスじゃないのか」

「なにを惑わされてる。自分の仕事を恥じているのか」

不破がロープをまたぎ、エプロンに座った。

「あえて訊かれることでもない」

「それなら、なぜ立花に惑わされる。シュートがしたいなら、それができる場所でやればいい。スターズは、プロレスのリングだ」

「ワークがあれば、シュートもある。それがプロレスだ」

「ここでプロレス談義をしても仕方ない」

不破がエプロンから下り、ロッカーの隣にある冷蔵庫を開けた。ペットボトルを取り出し、一本を無造作に投げてくる。距離があったが、それはぴたりと甲斐の手に収まった。

札幌で初めて不破と対戦した。百九十を超える巨体ながら、不破は空中戦を得意にしている。ジャンプ力は軽量のジュニア選手を凌ぐほどで、滞空時間の長さは静止しているかのようだった。そして代名詞のエルボー。一発で脳を揺らす威力がある。甲斐同様パワーファイターではないが、パワーボムで頭上に引っこ抜かれたときは度肝を抜かれた。ジャパン時代、多くの巨漢外国人レスラーとしのぎを削ったが、それに劣らぬ力だった。

「日本プロレスは規模を縮小したと聞いたが、社員はどうしたんだ」

「解雇した。興行を打たないんじゃ、仕事もない」

不破が頷き、ペットボトルを口に運んだ。

「ワークなら対抗戦を受けるのか」

「なぜ、そこまでこだわる。運営の仕事だろう」

「ドームを成功させる義務がある」

「その先を考えろ。運営は素人の集まりだ。そもそも、マッチメイクを任せるのに無理があった。ドームでこければ、さすがに会長も首を挿《す》げ替《か》えるだろう。良い機会だ」

「運営はどうでもいい。俺は業界の熱を消したくないだけだ」

「もう帰ってくれ。練習の邪魔だ」

不破が背を向けた。これ以上の話を背中が拒絶していた。

「立花は、一ノ瀬の代わりに決着をつけたいそうだ」

不破の反応はない。諦めるしかなかった。

6

二日後、六本木に招集がかかった。

ドーム大会の成功は絶望的だった。海老原とのシングルを発表したところで五万人規模のドームを埋めるのは難しい。

六本木には岸本を伴った。岸本が同行すると言ったのだ。好きにさせた。

案内されたのはいつものミーティングルームではなく、さらに広い大部屋だった。なかに入って驚いた。不破と海老原がいた。金子と滝澤、周郷と坂本の姿もある。

「明日、ドームの全カードを発表します。本日中にすべてのマッチメイクを決定しなければなりません」

伊刈が口火を切った。

「ドームは、ジャパンとの全面対抗戦でいきます」

甲斐は思わず不破の顔を見た。不破は表情を変えることなく前を見据えていた。

「ジャパン側からマッチメイクの要望はありません。参加メンバーは、横浜大会に来場した、三島、倉石、佐久間、篠原、塚田、溝口の六選手に、立花を加えた七名になります」

不破にどういう心境の変化があったのか。混乱していた。なにが不破を動かしたのか。

「ここに呼ばれたということは、好きな相手を選んでいいってことですか」

滝澤が口を開いた。

「希望があれば。ただ、ジャパン側は真剣勝負《シュート》を要求しています」

「なんでもありってことですか？」

「ルールは互いのプライドと私は解釈しています」

「明確なルールがないんじゃ、ある意味総合より難しいんじゃないですか。表現《セール》はするのかな」

滝澤の呟きに反応したのは、周郷と坂本だった。隣に座る金子は無表情で、番頭の松井は露骨に横を向いている。

滝澤は、横浜で立花の挑発に応じたひとりだった。試合を控えていたレスラー以外で駆けつけたのは滝澤しかいない。

「去年のジャパンと立花さんの試合のような感じですか」

周郷が伊刈に訊く。

「そう思います」

「それなら、プロレスだ。誰でもいいなら、俺は倉石か佐久間かな」

「滝澤さんは、どちらでもいいということですか」

「分はわきまえてるんで。立花や三島の名前は出しませんよ」

「俺は立花とやりたいです」

海老原が言った。

「不破さんか甲斐さんが譲ってくれるならの話ですが。俺も分はわきまえているんで」

海老原が滝澤と顔を合わせた。ＧＷＡの連中は一ノ瀬派の選手と絶縁し、対戦も拒否しているが、海老原は大人だった。

「俺の相手は、三島になるのか？」

甲斐は口を開いた。ＧＷＡが全面対抗戦への参加を決めた経緯がわからない。不破が折れたのだとしたら、立花と不破の一騎討ちはすでに決定済みなのか。

「三島さんでよろしいですか」

伊刈が言う。

「この対抗戦が、俺が三島を挑発したことに端を発してるなら、三島でしょうね」

「不破さんはどうでしょうか。立花さんは不破さんを指名していますが」

問われたが、不破は答えなかった。

「おい、なにか言ったらどうだ」

不破の向かいに座る運営の中矢が声を荒らげたが、不破は無視していた。

不破の態度がわからなかった。ＧＷＡがジャパンとの全面対抗戦に参加を決めたのなら、不破は立花とのシングルを呑んだことになる。

「相変わらずですね、不破さん」

滝澤が笑いながら言う。

「不満があると黙り込む。ＡＷＦが割れたときを思い出すな」

「なんだと、てめえ」

隣の金子が反応し、滝澤の胸倉を摑んだ。滝澤のシャツのボタンが飛び、机の上に転がる。

「やめろ」

甲斐は言った。

「揉めてる場合か。金子、おまえの希望は」

金子が滝澤から手を離した。

「俺は誰でもいいです」

「周郷は」

「強いて挙げるなら、篠原ですかね」

「おまえは」

坂本を顎で促した。

「俺も誰でもいいです」

「それなら、もう決まったようなもんだろう」

滝澤は倉石か佐久間、周郷が篠原なら、金子と坂本の相手は塚田か溝口になる。甲斐は三島。あとは立花の相手だった。

「俺は、こいつでもいいですけどね」

滝澤が金子を指して言う。金子が勢いよく腰を上げ、椅子が倒れた。

突然ドアが開いた。入ってきたのは赤城だった。スタービールの会長である。

「続けろ」

伊刈が慌てて自分の席を空けようとしたが、赤城はいらんとばかりに手を振り、伊刈からふたつ空けた席に腰を下ろした。

　赤城の登場で場の空気は一変した。

　運営に関わっていないとしても、赤城はスターズの実質的なオーナーである。

「どうした。これだけ集まってだんまりを続けているのか」

「いえ、ドームのマッチメイクを詰めているところです」

　驚きを隠せない伊刈が答えた。

「そうだろうな。もう日がない。チケットの売れ行きはどうなんだ」

「苦戦しています」

「一気に挽回するカードになるんだろう」

「ドームは、ジャパンとの全面対抗戦でいきます」

「横浜の乱闘は見応えがあった。どういう組み合わせになった」

「甲斐—三島、周郷—篠原。まだこの二試合です」

「悠長なものだな。立花は誰がやる」

「立花さんは、不破さんを指名しています」

「なら決まりだな」

「ただ、ジャパン側が段取りのない試合を求めていまして」

「ジャパンと喧嘩をするんだろう。それが問題なのか」

　伊刈が返事に詰まった。

「会長、俺も立花戦に名乗りを上げています」

「海老原か。おまえと立花の試合も見たいが、立花が不破を指名しているのなら仕方ない。ここは折れろ」

「はあ」

「横浜では倉石とやり合っていたな。倉石では不服か？」

「いえ」

「決まりだな。格の違いを教えてやれ」

「それなら、俺は佐久間ですかね」

　滝澤が言った。

「新田は出ないのか」

「名前はありません」

「自分の団体の命運がかかるのに出てこないのか。つまらんな」

「シュートですから」

「一ノ瀬とは弘前でシュートでやった」

　赤城は業界の流れを把握していた。

「他にカードが決まっていないのは誰だ」

　金子と坂本が手を挙げた。

「ジャパン側は？」

「塚田、溝口です」

「全七試合か」

「三試合ほど、タッグマッチを追加しようと考えています」

「必要ない。ドームは全試合ジャパンとの対抗戦でいけ」

赤城が顎に手を当て、なにか思案する顔になった。口を開く者はいない。大部屋は静まり返っていた。

「ジャパンのブッカーは誰だ」

「森現場監督です」

「電話をかけろ」

「いまですか?」

「新田を引っ張り出す」

伊刈がなにか言いかけたが、赤城が厳しい眼光を向けると、諦めたように電話に手を伸ばした。番号をプッシュする。赤城がスピーカーにさせた。

呼び出し音が鳴る。何度目かで相手が出た。

「森か」

「はい」

「赤城だ。わかるか」

「赤城会長ですね」

森の声は落ち着き払っていた。

「ドームの件だ。待たせたが、今日中にカードを発表する」

「そうですか」

「ドームは全試合ジャパンとの対抗戦でいく。ひとつ提案がある。一試合増やしたい」

「誰を出せという要求ですか」

「察しがいいな。新田だ。戦争をやるのに頭《アタマ》が出てこないんじゃ恰好がつかん」

「なるほど」

「説得が難しいなら、俺が直接話してもいい」

「それには及びません。新田を出します」

「決定と受け取って構わないか」

「構いません」

「追って連絡する」

赤城が電話を切った。

「新田の相手に立候補するやつはいるか。ネームバリューはおまえらより上だぞ」

滝澤がかすかに動きを見せた。それに気づいた金子が素早く手を挙げた。

「自分が行きます」

「新田をロートルと舐めてかかると返り討ちに遭うぞ。歴戦の猛者《もさ》だ」

現れてすぐに場を掌握し、新田の参戦まで決めた。さすがの采配だった。

「会長、一枠空いたのなら、うちから出しますが」

松井がめざとく声を上げた。

「GWAか。それは一軍所属の選手か」

「もちろんです」

「横浜で、立花の呼びかけに応じなかった者は必要ない。甲斐、おまえのところは?」

「小椋と宇野がいますが、二軍に落ちました」

「どうせなら、まだ出番のないやつを使うか。インディーの顔がいただろう」

「白川ですか」

「それでいい。塚田に充てろ」

隣に座る岸本と一瞬眼が合った。

「白川は三軍所属ですが」

「二軍を飛び越えて一軍昇格があり得る。その前例になる」

「白川は受けるでしょうか」

「そうだな。通常の試合ということにしておけ。ブッキングを告げるのはカードを発表してからでいい。やつもインディーの顔と言われた男だ。嫌とは言わんだろう」

岸本によれば、白川はスターズ内外のインディーのレスラーと接触し、新団体旗揚げを目論んでいる。それに絡んでいるのがジャパンの岩屋だった。赤城はその動きを摑んでいるということか。

「これで全試合が決まったか?」

「あとは立花さんです」

「不破ではないのか」

伊刈が黙って不破に顔を向けた。

「臆したのか、不破」

「立花とやるのはいい」

不破がはじめて口を開いた。

「だが、その前にはっきりさせておきたい。なぜ、ジャパンの要求を呑む必要がある。

「ここまでマッチメイクが遅れたのは、運営の不手際じゃないのか」

「その通りだな」

赤城が言った。

「スターズは今後も、選手が個々に仕掛けるのを容認するつもりですか」

「もしそうだとしたらどうする」

「俺のプロレス観とは合わないですね」

「それはスターズから離脱するということか」

「それも選択のひとつです」

「おい、発言に気をつけろ」

中矢が声を荒らげた。不破が正面に座る中矢を睨みつけた。

「中矢といったか。おまえごときが、二度と俺にそんな口を叩くな」

殺気を剝き出しにする不破に中矢が押し黙った。伊刈も声を失っていた。

「おまえの本気を見てみたいと思うのは勝手か?」

「プロレスは本気じゃないとでも?」

「そう聞こえたか」

不破の怒りを赤城は笑い飛ばした。

「立花に負けるのが怖いか」

赤城の言葉に海老原だけでなく松井まで表情を一変させた。

「仕事《ワーク》で負けるのとでは意味合いが異なる。長くマッチメイカーを務めて、負けの味を忘れたか」

ドームを前にＧＷＡと決裂する。赤城は明らかに踏み込み過ぎていた。

「俺は、一ノ瀬と立花の試合を現地で観た。昨年の三島との試合、新田戦もだ。すべてプロレスだった」

「あれだけ怪我人を出してですか」

「ジャパンとの抗争は、潰し合いだった。復帰後の立花は誰も毀《こわ》してない。一ノ瀬の怪我は事故だ」

不破が黙った。

「ワークじゃなければ、プロレスじゃないか？」

「一ノ瀬さんは、ＡＷＦの分裂後に、そういうプロレスを理想にしてましたね。賛同されず、空中分解しましたけど」

滝澤が言った。

「こういう腹を割った会議を、もっと早くにするべきだったな。そうすりゃ、もっと良いカードが組めた。一ノ瀬がスターズを出て行くこともなかった」

伊刈が顔を伏せた。

「不破、どうするか決めろ。ここから去るか、スターズで闘うかだ」

「ドームは出ますよ。その先はわかりませんが」

赤城がにやりと笑った。

「来年はスターズのタイトルを創設する。最強を決めるトーナメントだ。キャリアもネームバリューも関係ない。皆、横一列からのスタートだ。それには立花や三島も加えたい。そのためにもドームは圧勝してもらいたいものだな」

赤城が腰を上げた。

「会長、メインを決めていただけませんか」

言った伊刈ではなく、赤城は甲斐に顔を向けた。

「メインは大将同士の一騎討ちだろう。立花は王者だがフリーだ。三島の相手を務めるおまえがやれ」

一回目のドームは、不破とのタッグでメインを張った。二回目のドームで、しかもジャパンとの対抗戦でメインを任される。不破と立花を差し置いてである。この意味は大きい。

会議が終わったとき、まだ外は明るかったが、さすがに疲れを覚えていた。

「どうなるかと思ったな」

助手席の岸本に言った。岸本は結局一言も喋らず、途中からは席を外していた。

ドームの全カードと試合順も決まった。夜には発表されるはずだ。チケットは間違いなく売れる。

「不破が対抗戦参加を決めたことにも驚いたが、さすがに決裂を覚悟した」

「年末に興行を打つみたいですよ」

「なに？」

「ＧＷＡです。それを条件に対抗戦参加を決めたんでしょう」

「スターズではなく、ＧＷＡが単独で興行を打つというのか」

「そうです」

「馬鹿を言え。社員もいないのにどうやってやる」

頭が追いついていかなかった。すべての団体は解散宣言をし、スターズに参加したはずだ。

「ＧＷＡの社員は、ほぼそのまま残っているようですよ」

「スターズが何事もなくうまくいくはずないと思ってましたけど、ＧＷＡの方が一枚上手でしたね」

「運営はＧＷＡの興行を許したのか」

「そういうことでしょうね。方針を曲げ、特例を許してでも、ジャパンとの対抗戦を実現させるしかなかった」

一度でも興行を許せば、必ずそれに続こうとする動きが出てくる。運営自らお墨付きを与えたようなものだった。

「運営はなにを考えてる」

「一流の駒を揃えていても、司令塔が無能なら宝の持ち腐れということですよ」

日が傾き、夕陽が射していた。

メインを任せられたのではなく、不破に譲られたのか。不意に脳裡に浮かんだそれを口にすることはプライドが許さなかった。

「スターズはいずれ割れます」

白川らの不穏な動きを赤城が把握していたとしたら、白川が対抗戦のメンバーに選ばれたのはなにを意味するのか。

「GWAとジャパン。日本プロレスが合流するとしたら社長はどちらを選びますか」

「おまえな」

「仮の話です。GWAはないでしょう。海老原と同じ扱いになるわけですし」

「ジャパンに戻れと言うのか」

古巣に戻る。そんなことはあり得ない。

「戻るのではなく合流です。日本プロレスがジャパンに加われば、スターズ以上の存在になることも可能です」

甲斐が退団した二年前とは状況が違う。代表は伊刈から新田に代わり、現場のトップには森が就いた。

「選択肢のひとつとして視野に入れていた方がいいと思います。スターズが崩壊したとき、雪崩に巻き込まれないように」

夕陽が反射し、逆光となって車内を貫く。

眼が眩むほどの光の束が、なぜか不吉なものに感じた。

キャッチ・アズ・キャッチ・キャン

1

一日は、木山の怒号ではじまった。

起きろ、小僧ども。階下で声が聞こえた瞬間に跳ね起きる。躰がそうなっていた。三分以内に集合しなければ、容赦のない竹刀を食らう。

木山が道場に来る時間は決まっていなかった。その日の気分次第で、昼前に来ることもあれば、真夜中に突然現れることもあった。当時は、近所から苦情が出ることもなかった。慣れていたのか、文句を言いたくても言えなかったのだろう。

木山の稽古に出るのは三島と立花と森の同期の三人だけで、教えられるのは、ロープワークでも受け身《バンプ》でもなく、実戦さながらの真剣勝負《シュート》だった。多種多様な関節技や絞め技などの極技《サブミッション》を、身を以《もっ》て覚え、習得していく。

木山は、プロレス特有の見せかけのサブミッションを否定していた。プロレスには、相手を毀《こわ》してはならないという不文律があるが、いつでも極められるという怖さを持っていなければならない。木山が教えるのは、人間の毀し方だった。試合では使えないが、引出しとして持っておく。普段の練習とは別の、言わば秘密の特訓だった。

なぜ、木山がそんなことをはじめたのかはわからない。入門して何ヵ月か経った頃、突然言われた。寮には他にも先輩がいたが、呼ばれることはなかった。

レスラーは、最強でなければいけない。それが木山の理念だった。

現役時代の木山は、典型的な負け役《ジョバー》だった。興行を盛り上げるため、派手にやられる。格下に負けてやることを寝るというが、木山は現役生活のほとんどを寝て過ごした。

レスラーとしては一流ではなかった。ただ、道場では無敵だった。木山というレスラーを語るなら、その一言に尽きた。煙たがられながらも、誰もがその強さを認めていたからこそ、メインイベンターでさえも木山を決してぞんざいに扱わなかった。

木山には、初来日の外国人の力量を測るという重要な仕事があった。スキル、パワー、スタミナ、技の精度、癖、見栄え、弱点。そうしたものを自ら測り、トップレスラーに伝える。俺は毒見役だった。現役時代を振り返って、木山はよくそう言った。

重要なのは、強さではなかった。プロとして仕事ができるか否か。そして、マッチメイカーに従順であるか。仕事はできても、従順でなければ使えない。ときにはリング上で客に気づかれぬよう制裁を加えるのも木山に課せられた役目だった。

ジョバーがトップのライバルをぶちのめすわけにはいかない。だから、さりげなくやる。一瞬の隙。呼吸だった。相手をひやりとさせる。向こうは出稼ぎ気分、俺は殺す気で行く。覚悟の差だ。大抵はそれでおとなしくなる。制裁と言っても、相手をリングに上がれなくさせるんじゃない。舐めるとどうなるか。それをわからせる。あとは良い仕事をして、興行を盛り上げてくれたらいい。

木山に秀でたものがあるとすれば、生来の頑健さと野性的な勘だった。そして、いざ真剣勝負《セメント》になると、人間離れした強さを発揮した。

木山は、何年か現場監督を務めた後、道場長に就いた。

引退してからも、木山の理念は揺るがなかった。道場長として、過酷な練習を選手に課した。皆が木山の理念を受け容れたわけではない。木山は練習をしない選手をことさら嫌ったが、怪我を練習ができない理由として認めなかった。煙たがられるのは当然だった。

多くのレスラーは、最強という看板の上で胡坐をかいていた。木山はそれが歯痒かったのだろう。その苛立ちが若手のしごきに向けられた。

辞めるやつは一週間持たずに辞める。一週間持てば一月耐えられる。一月を過ぎて辞めるやつはいない。だから一週間はきつくても耐えろ。

入門時に木山に言われた。立花と森が一緒だった。

新人は躰作りからはじまる。皆、入門テストをクリアしているが、練習は想像を超える厳しさだった。高校まで柔道をしていた。体力には自信があったが、初日から別世界だと思い知らされた。

森は体操歴が長く、躰の柔らかさと体幹の強さは木山が太鼓判を捺すほどだった。立花は身長《タッパ》はあったが、格闘技の経験はなく、受け身の取り方すら知らなかった。

同期のなかでは、三島たちが最後の入門だった。木山は一月持てば辞めるやつはいないと言ったが、入門から三ヵ月以上過ぎた同期が何人も辞めていった。大抵は夜の間に逃げ出す。ちゃんこの買出しに行き、そのまま帰らない同期もいた。会社は逃げた練習生に帰ってこいとは言わない。残した荷物があれば、着払いで実家に郵送する。同期が残していった荷物をまとめるのは、三島たちである。

脱走は何度も考えた。耐えることができたのは、意志が強かったのではなく、同日入門の森と立花がいたからだ。仲間意識とは少し違う。二人が残るなら自分が逃げるわけにはいかない。そんな小さな意地が繋ぎ止めているだけだった。

入門から半年が経過すると、同期は三人以外に誰も残っていなかった。一年上も、二年上にも先輩はいなかった。

三年ぶりにしごきに耐え、デビューまで漕ぎつけそうな三人になにかを感じたのか、あるとき木山に呼ばれた。そして通常の練習とは別の稽古をはじめると告げられた。

秘密の特訓は、過酷の一言に尽きた。木山は本気で極めてくる。逃れる術は教えられず、自分で考えるしかない。何度も極められ、絞め落とされることで、躰が本能的に防御を覚えていく。毎日のように血反吐を吐き、失神し、失禁した。木山が還暦を過ぎていることは頭になかった。十八、九の三人を続けざまに相手にしても平然としているのだ。

寮にいる三年上の先輩たちには、よく付き合うもんだと呆れられた。要領よくやれ、と他の先輩にも言われたが、木山の特訓をつらいと思ったことはなかった。罵《のの》られ、竹刀が折れるまで叩きのめされ、失神させられようと、自分たちにすべてを教えようとしていることを肌で感じていた。

木山に選ばれた誇りのようなものと、日ごとに強くなっているという自負。三人が三人とも愚直だった。ひたむきに強さを求めていた。

先輩たちが道場に出てくると、若手はトレーニングの補助やスパーリングの相手にまわる。要するに練習台だった。スパーリングの指名を受けると、木山が目配せをしてくる。やってしまえという合図だった。木山には逆らえない。実行するしかなかった。

まだデビューもしていない練習生に極められるのだ。相手は顔を潰されることになるが、木山はまったく気にしていなかった。弱いから負ける。その一言で終わりだった。そんなことが何度もあったが、道場では誰も木山に逆らえなかった。

やがてデビューして巡業に出るようになると、当然、報復された。開場前に練習と称して袋にされるのだ。

一度、立花のたがが外れ、先輩レスラー三人をぶちのめし、血だるまにしたことがあった。気がつけば三島も森も加勢していた。そのときは三人とも新田にパイプ椅子で立てなくなるまでぶちのめされたが、若手にやられた三人は、新田からさらに強烈な制裁を受けていた。

自分の眼が届かない巡業中に、三島たちがやられるのを木山は見越していた。巡業から戻ると誰にやられたのかを嬉しそうに訊かれ、その相手が練習に来ると、すぐさまリターンマッチを命じられた。もはやスパーリングではなく、喧嘩を売っているのに等しかった。

そんなことが続くうち、まわりから異端視され、木山組と揶揄されるようになった。試合ではシュートを仕掛けられた。潰すというよりも、調子に乗った若手の鼻を折ってやろうという程度だったが、攻めは甘く、躰は対処する術を知っていた。

一年が経つと、新たな入門生が入ってきた。なかには、レスリングの大物や力士上がりもいたが、三ヵ月もせず、ひとりもいなくなっていた。下っ端の雑用から解放されたと思っていただけに、また先輩に扱《こ》き使われるのは面倒だったが、四年の入寮期間を終えた先輩たちが出て行ったため、寮にいるのは同期の三人だけになった。

二年目になると、付け人をやらされる。森は新田についた。一番まともに見えたのだろう。立花は荒井だったが、一週間もせずにクビになった。口答えが過ぎるという理由だった。三島は甲斐についた。歳は三つ上だが、中学卒業で入門した甲斐とは六年のキャリアの差があった。すでにイギリスとアメリカの二度の海外修業を経験していた甲斐は、メインイベンターのひとりとしてトップで闘っていた。

甲斐は、木山も認める最高のレスラーだった。

百九十センチを超える均整のとれた躰は外国人と並んでも見劣りせず、巨漢が相手でも真っ向から力で勝負できる。なにより試合巧者だった。技は華麗で、試合運びは言うまでもなく、受け身《バンプ》も表現《セール》も一級品だった。

当時の世界へビー級王者は、三十代半ばで脂の乗る新田だったが、甲斐の時代が迫っていることは誰もが予感していた。

三年目も、新人はひとりも残らなかった。

その頃には、三人とも若手の枠からはみ出し、頭角を現していた。五年間で唯一残った三人。それも同月同日に入門した正真正銘の同期生。

前座を卒業すると、三人でタッグを組むことが多くなった。木山は、相変わらず毎日道場に来ていたが、四人だけの稽古をすることはなくなっていた。

プロレスは、旅の連続である。

気張ってこい、小僧ども。木山に送り出されて巡業に出ていく。

レスラーは最強でなければならない。木山の理念は、最後の弟子として受け継いでいた。

甲斐は、初挑戦となる世界ヘビー級戦に勝利し、最年少での戴冠を記録した。ジャパン史上、最高傑作と称される絶対王者の誕生だった。

甲斐は練習の虫だった。王者としてリング外の仕事が増えても、練習は欠かさない。スパーリングでは、立花が指名されることが多くなった。試合を重ねていく過程でそれぞれのスタイルが定まると、立花はいつしか頭ひとつ抜きん出ていた。

四年目の春、倉石たちが入門した。その前に、三人は寮を追い出され、木山は道場長を解任された。会社は、過酷な練習を課して一握りを残すやり方から、入門した全員をデビューさせる方針に転換した。それには、木山は不要だった。

道場長を解任された日、木山はただ一言、いいレスラーになれと言った。感傷はなく、ようやく隠居できるとせいせいした様子だった。たまには顔を出してくれると思ったが、それ以来、木山が瀬田に姿を見せることはなかった。

倉石たちは、新たなコーチの下で、合理的なトレーニングを積んでいた。落第者を出さぬよう、練習後は躰だけでなく心のケアも怠らない。森は良い兄貴分だったが、三島は新弟子たちと距離を置いていた。立花はもとより一匹狼だった。

倉石たちは、ひとりの落第者も出さず、全員がデビューまで漕ぎつけた。三島は森とのタッグが定着していた。立花は決まったパートナーを持たなかったが、少しずつ後半戦の出番が増えていた。

一年が経ち、海外修業権をかけたトーナメント戦の開催が決定した。優勝予想は三島たち三人に絞られていたが、立花を海外に出すためのトーナメントであるのは明らかだった。

海外修業の期間は無期限。帰国後はトップレスラーの仲間入りをし、ジャパンの第一線に立つ。甲斐に続くエースとして、会社は立花に期待をかけていた。

いつしか立花に差をつけられていた。しかし、後塵を拝するつもりはなかった。トーナメントは決勝まで勝ち進み、立花と当たった。真正面からぶつかり、互いに意地を張り合った。試合はスリーカウントを取られて負けた。完敗だった。

負けは潔く認めた。立花との差を躰に刻みつけた。自分はジャパンのリングで闘う。必ず立花に追いつく。

立花が日本を発つ日、森の運転する車で成田まで送った。

リングを下りれば三人の関係は変わらなかった。同月同日に入門した同期。木山の最後の弟子であり、ライバルであり、戦友。

誰が一番にタイトルを獲るか。成田に向かう車中、そんな賭けをした。所帯を持つのは誰が早いか。甲斐からフォール勝ちをするのは誰か。

話は尽きなかった。成田が近づいた頃、ハンドルを握る森が提案をした。三人のうちの誰かが引退するまでは、ジャパンを辞めない。

仲間との一時的な別れに感傷的になっていたのか、三島は賛同し、立花も応じた。会社への愛着ではなかった。同期の約束。それで十分だった。

気張ってこい。別れを済ますと、森は木山の口癖を真似た。三島はこみあげてくるものを必死に堪《こら》えた。立花は笑いながら軽く手を挙げ、背中を向けた。一度も振り向かなかった。

2

斧を打ちつける音が谺《こだま》した。

幹の一点目掛けて斧を振るう。足場は平坦ではなく、バランスを保つだけで足腰を鍛える鍛錬になる。

木がぐらついていた。丈は十メートルを超える。頭上の枝葉の隙間から光が射していた。

「行くぞ」

久坂に声をかけ、三島は斧を打ちつけた。撥ね返してくる力がなく、木が音を立てながら倒れた。

枝を落とし、運ぶために等分していく。その間も斧で打つ音が山に響く。

木を倒した分、地表には光が射している。人が入らない山は荒れる。木々が密集したなかから伐採していく。三島が選ぶのはそのなかでも一番幹が太い木だった。

倒した木は薪にする。そのために麓まで運ぶ。

「行きます」

三島より大分遅れて久坂の声がした。

木が倒れる。久坂が荒い息を吐いていた。

久坂の木も同じように等分する。運べる量は限られていた。背負子《しょいこ》に載せてロープで縛り、さらに残った丸太を両肩に担ぐ。最も目方のあるものを選んだ斧は、背負子に縛りつけた。

来た道を戻る。整備された道ではなく、獣道《けものみち》だった。足場は悪く、気を抜けば斜面を転がり落ちる箇所もある。

後ろを歩く久坂の息が荒い。久坂は丸太を担ぐのは無理で背負子だけだが、それでも相当の重量になる。

丸太が肩に食い込んでくる。喉は乾いているのに、汗は滝のように出た。

人家の屋根が見えてくると、足場はいくらかマシになった。個人所有の山らしいが、どこまでが所有地なのかはわからない。視界一面は見渡す限り山だった。

家屋の裏で丸太を下ろす。久坂は背負子を下ろすなり倒れ込んだ。

手動のポンプで井戸水を汲み上げ、手と顔を洗った。久坂はまだ動かない。早朝から山に入り、二往復していた。

木屑のついた作業着を脱ぎ、短パン一枚になった。母屋に入る。茅葺きの屋根はトタンで覆っているが、築二百年を超える古民家だった。

土間の竈《かまど》には羽釜《はがま》がかかっている。なかを見ると米が研がれ、水が張られていた。板間の囲《い》炉裏《ろり》には鍋がかかっている。

竈に薪を入れ、火を熾《おこ》す。土間をそのまま使っているが、流し台があり、水も出る。水は山から引いていた。電気も通っている。

板間に上がり、囲炉裏の火を熾していると、久坂が入ってきた。

三島は米の方を見るように言った。吹いてきたら火を弱くし、しばらくしたら竈から下ろす。

久坂は要領が摑めず何度か焦がしたが、いまでは三島よりも上手く炊く。

米を蒸らしている間に、自在鉤《じざいかぎ》に架けた鉄鍋に火が通ってきた。ちゃんこは瀬田の道場の味だが、肉は猪肉《ししにく》である。

朝からはじめての食事だった。久坂は付け人だが、給仕などはさせず一緒に食う。

軽トラの音がした。久坂が反射的に居住まいを正す。

両手に袋を持って木山が入ってきた。

「お疲れさまです」

久坂が箸を置き、立ち上がって挨拶した。

木山は七十七だが、背筋はピンと伸び、シャツの上からでもわかるほど分厚い胸板を維持していた。足腰の丈夫さは言うまでもない。七十七にしていまだに歯もすべて自前だった。

「木山さん、昼は」

「食ってきた」

木山がスポーツ紙を板間に投げた。

スターズの東京ドーム大会で、ジャパンとの全面対抗戦に出場する白川が、対戦相手の塚田にデスマッチを要求していた。

白川はインディーの顔だが、スターズでは三軍に所属し、試合には出ていない。ジャパンとは接点がなく、なぜ白川が選ばれたのかは疑問だった。

「おまえら、いつまでいるつもりだ？」

長式台に腰かけ、野菜を仕分けしながら木山が言った。

「十九日までですかね」

「本番はいつだ」

「二十日です」

昼を終えると、薪割りだった。

薪はいくらあってもいいらしいが、すでに置き場に収まらない量になっていた。

薪割り用の斧も重量のあるものを使う。振り上げた斧を、垂直に丸太の中央に落とす。力ではなく、重心移動だった。上半身だけでなく足腰を使う。薪割りをするのは秩父に来てからがはじめてだが、理にかなった練習法だった。

道場長を退いた後、大宮に新たに家を構え、長男夫婦と同居していた木山が、秩父の山奥にある古民家を買ったのは古希を迎える手前だった。以来、木山は女房を大宮に残し、年の大半を秩父で過ごしていた。

スターズの横浜大会に乱入した翌日、木山のもとを訪ねた。しばらく置いてくれと頼むと、裏山の木の伐採を命じられた。早朝から山に入り、午後は薪割りをし、それから久坂のスパーリングに付き合う。近くには温泉があるようだが、山に入る以外、木山の家を出たことはなかった。

横浜より四日前。最終戦の大阪のリングで、立花に呼ばれた。メインで篠原を相手に世界へビーの防衛を果たした直後だった。

俺はスターズと喧嘩をしにいく。おまえはどうする。

立花はマイクを通さず、それだけ言うとリングを下りた。

翌日、道場に緊急招集がかかった。佐久間、篠原、塚田、溝口、阿部、緒方、玉木。仮入団扱いの久坂もいた。

立花の喧嘩に、ジャパンも乗る。森が宣言した。ここでスターズを潰す。

横浜の乱入はその場で決まった。乱闘は派手にやれ。森の指示は短かった。先に既成事実をつくり、スターズを後に引けなくさせる。対抗戦はドーム一戦きり。全試合、真剣勝負《シュート》を要求する。呑むか呑まないかではなく、呑ませる。

リング上の混乱は、はっきり覚えていない。それだけ興奮していた。その興奮をもたらしたのは、立花のマイクだった。スターズのリングで堂々と最強を名乗ったのだ。


斧を垂直に下ろす。薪が二つに割れた。

久坂はまだ余計な力が入っていた。斧が丸太に刺さり、抜けないこともしばしばある。

「腕じゃない。腰を落とせ」

様子を見ていた木山が言う。

「躰ごと垂直に落とすんだ」

久坂がスクワットのように躰を沈めながら斧を落とす。薪が割れた。

「きついです」

「それに慣れろ」

薪割りが終わると、山になった薪を集め、庇の下に積み上げていく。

木山も久坂も上半身裸だった。見える範囲に民家はなく、人の姿を見ることもない。

木山は一年の大半をここで過ごし、時折、大宮の家に帰る生活を続けている。秩父に越した当初は畑もしたが、向いていなかったのか、近所の家の大工仕事や力仕事を手伝い、その礼に米や野菜を分けてもらっている。木山の父親が大工であったことを、三島は秩父に来てはじめて知った。

片づけが終わるとスパーリングだった。

敷地の一画にある、元は畑であった場所だった。来た当初は草が生《む》していたが、連日のスパーリングでいつのまにか草は押しつぶされ、表面に土が出ていた。

スタンドからはじめた。久坂と手四つで組む。

久坂はインディーで八年のキャリアがあるが、グラウンドはなにも知らないに等しかった。試合運びも稚拙で、打撃のみで押し通すことしか知らない。躰はビルダー風の筋肉をまとい、見栄えは良いが、ロープワークも受け身《バンプ》も我流の域を出ていなかった。

これまでに三つの団体に所属しているが、八年のキャリアのわりに試合経験は乏しい。それでも腐らず、躰を維持していた根性は見上げたものだが、技量は同年代の阿部や緒方と比べても大人と子供ほどに違う。

森が買ったのは、久坂の試合に臨む姿勢だろう。常に全力で行き、力が及ばない悔しさを、観客に伝えることができる。それは久坂の武器だった。

まだ仮入団の扱いだが、給料が出て、寝る部屋があり食うものにも困らない。バイトで食い扶持を稼ぐ必要もなく、試合と練習に専念できる。入団に対し、森が久坂に言い渡した条件は、八年のキャリアは忘れるという一点のみだった。

久坂は、付け人として森に預けられた。鍛えろという意味だと受け取った。

久坂が地面で大の字になっていた。何度タップしたのかは覚えていない。グラウンドを知らない久坂に、躰で覚えさせる。教え方はそれしか知らなかった。同じやり方で木山から学んだ。久坂を見て木山が命じたのは、筋トレの禁止だった。闘うには邪魔な筋肉がつきすぎている。それが落ちるまで筋トレは必要ない。

久坂は素直に従ったわけではなかった。秩父に合宿に行くとは言ったが、木山が何者なのかは伝えていなかった。

渋る久坂に、木山が折れた。俺を一回でも投げることができたら筋トレをしてもいい。結果は見るまでもなかった。開始の掛け声から二秒で久坂は絶叫し、泡を吹いて失神した。以来、久坂は木山に従順だった。

井戸水を浴びて土を落とした。

朝飯を兼ねた昼飯は木山が作るが、晩飯は久坂の仕事である。三島の仕事は風呂焚きだった。井戸の側に小屋があり、五右衛門風呂がある。山に囲まれ、眺めが良いわけではないが、この風呂が気に入り、木山はこの家を買ったようだった。

風呂を焚くのも薪である。

火を熾していると、木山が山を見ていた。

「あの辺りがまだ混んでるな」

木山が指す方向を見る。山の形状は複雑で、一直線に目的地まで行けるわけではないが、見当はついた。

「ミズナラやコナラは伐るなよ」

「なんですか、それ」

「どんぐりが生《な》る木だ」

「そんなもの俺がわかるわけないでしょう」

「熊が食う」

「熊がいるんですか」

「猪に鹿に猿もいる。おまえが毎日食ってる猪も地元産だ」

猪肉は地元の猟師に分けてもらったと聞いていた。

「俺たちがこれまで伐ったなかに、どんぐりの木はあったんですか」

「あった」

「そのときに言ってくださいよ」

久坂がようやく起き上がり、ふらつきながら井戸端に行った。

木の伐採も、薪割りも良い鍛練になっている。最初は言われるままやっていたが、一度様子を見に来た山の持ち主が言うには、人力でやるには考えられない量をこなしているらしい。

長い時間をかけ、風呂が沸いた。その間に日は向かいの山の向こうに消えた。

風呂は木山から入り、次が三島だった。顔を洗うと、顔の半分が髭で覆われているのがわかる。鏡など見ない生活を送っていた。携帯も触らない。

晩飯も猪肉のちゃんこだった。木山も三島も同じものが続いても苦にならない。

田舎の夜は早い。木山の家にはテレビもなく、晩飯を食うと寝るだけだった。

久坂と布団を並べて寝る。十月だが、秩父の夜は冷えた。若い久坂はすぐに寝息を立てる。

三島の眠りは遠かった。

一度だけ森から連絡があった。スターズのドーム大会のカード決定を伝える電話だった。対戦相手は甲斐。メインイベントだった。立花はセミファイナルで不破と対戦する。ドームには何度か出ているが、メインははじめてだった。甲斐はジャパンが開催したすべてのドーム大会でメインを務めている。

スターズとジャパン。それぞれの看板をかけて甲斐と闘う。メインである。ジャパンの命運が自分の肩にかかる。たとえそれまでジャパンが全勝していても、自分が落とせばジャパンの負けだった。

ここで負ければ、二度看板を守れなかったことになる。一度目は立花に屈した。二度目は許されない。

臆しているのか。自問し、恐怖に襲われる。そして眠りが遠くなる。

夜が長かった。

3

その大木は突然現れた。

裏山をいつもよりもさらに登った先。視界に捉えた瞬間に、三島は足を止めた。

木立が密集する山だが、その木の周りには木々がなく、頭上は開け、堂々とした枝を伸ばしている。

「これを伐るんですか」

久坂が驚いた顔で言った。二人で手を広げても囲めないほど幹は太い。

「斧じゃ無理ですよ」

背負子を下ろし、幹の傍に立って斧を構える。足場は問題なかった。

斧を振るう。いままでに感じたことのない反撥が返ってきた。腕が痺れていた。木とは思えない硬さだった。

構え直し、斧を打ちつける。連日の山作業で足腰が鍛えられ、足場が悪くても同じ場所を打てる。何度やっても刃が入っていかなかった。木が意思を持ったように斧を撥ね返してくる。

硬い髭で覆われた頬を撫で、柄を握り直す。無駄な力を抜き、斧を振るう。撥ね返される。

気がつくと、久坂が背後にいた。

自分の仕事をやれ。言いかけて太陽の位置が高いことに気づいた。いつのまにか昼になっていた。

午前中、斧で打ち続けたが、幹にはたいした傷がなかった。

山を下りた。三島が気づかぬ間に、久坂は二往復したらしい。

木山の姿はなかった。ちゃんこを食い、三島はすぐに腰を上げた。

「おまえは薪割りをやれ」

久坂に言い、山に入った。

大木まで行く。黒い木肌は、少し離れた間に傷が埋まっているような気がした。

斧を打ちつける。時間の感覚がなかった。柄が滑る。肉刺《まめ》が破れ、血で濡れていた。土を擦りつけ、血のぬめりを取る。

幹の前に立つ。一点のみに集中し、斧を振るう。腹まで響く撥ね返りがあったが、衝撃が幹の内側まで届いた感覚があった。

それは一度きりだった。力を入れすぎると、軌道が狂う。体力の消耗も激しかった。試合と同じだ。ギアチェンジができないレスラーは一本調子の試合しかできない。

「こいつを選んだか」

声がした。木山が背後にいた。日が傾いていることに三島ははじめて気づいた。

「硬いですよ」

「栗だ」

「これが栗ですか。実はないんですね」

「何年か前から生らなくなった。花は咲くから死んではないんだろうが、齢を食ってることには変わりない」

「生きてますよ。撥ね返りがすごいですから」

斧の柄が血で汚れ、黒ずんでいた。

「なぜ、こいつを選んだ」

「眼が合ったんですよ。伐っちゃまずい木でしたか」

「まあ、いい。薪にするのは惜しいがな。この太さは楔《くさび》を使わんと無理だ」

「斧《こいつ》だけでやります」

「おまえ、あと四日したら帰るんだろう」

「一発だけですけど、いいのが入ったんですよ。木の芯まで届くようなやつが」

「手を出したからには最後までやれ。途中で投げ出すのは許さん」

「もちろんです」

「ドームが終わったら戻ってこい」

「四日以内に倒しますよ」

山を下りるのを待っていたかのように日が暮れた。水を飲み、風呂を使う。全身が痺れるような痛みが走った。躰が強張っている。

ちゃんこを食う途中から記憶がなかった。眼が醒めると朝で、布団の上で寝ていた。

背中の張りがひどかった。入念にストレッチをやり全身をほぐした。

山に入る。栗の大木の前に立つ。丸一日かけて付けた傷を認めた。

十九日まで残り三日。

斧を振るう。あっという間に昼だった。昼飯を食いに山を下りる。その時間も惜しい。

午後も一心不乱に斧を振るった。芯まで届く一撃は出ない。意識してはいけない。考えれば余計な力が入る。

夕暮れ。山を下りた。風呂焚きの仕事は、久坂が代わりにしていた。湯を使う前に、井戸水を何杯も頭から被った。

熱い湯に浸かると、全身が痺れた。しかし、昨日ほどの痛みではない。木の撥ね返しに躰が慣れたのか。あるいは、少しずつ木の命を削いでいるのか。

「あと二日でいけるのか？」

囲炉裏を囲みながら、木山が言う。木山は夜はめしを食わず、酒だった。

「倒しますよ」

「山の持ち主に話したら、斧一本じゃ絶対に無理だと言ってたぞ」

「そう言われると燃えますすね」

酒が入ると、木山は昔話をはじめた。ジャパンの旗揚げの頃から現役時代。道場長の頃に話が及ぶと、話題は道場破りに移った。

「三島さんの時代もあったんですか」

久坂が興味を示した。

「こいつらの時代もあった。ジャパンは最強の看板を掲げていたからな」

まだ総合格闘技も立ち技も存在していなかった。名を売るのにプロレスは最適の標的だった。

「相手をするのは立花でしたよ。俺や森は任されなかった」

「おまえでも森でも余裕で勝てた」

手酌で酒を飲みながら木山が言った。

「俺が鍛えているんだから当然だ。問題はそこじゃない。道場破りに来る連中が、レスラー相手なら勝てると思い込んでいることだ。舐められてるのをのこと帰すことはできんだろう」

「のこのこと帰しゃしませんよ」

「おまえに無抵抗の相手の腕が折れたか？」

立花は折るが、おまえにはできない。そう言われた気がした。

「どっちが上とか下とかいう話をしてるんじゃない。立花は折るが、おまえと森は躊躇する。だから立花に任せた。道場破りに来たことを心底後悔させるためにな」

立花は必ず相手を無傷で帰さなかった。鼻を折り、歯を折り、最後は相手のタップを無視して腕を圧《へ》し折る。そこまでやる必要があるのか疑問に思うこともあったが、立花は道場破りの相手を任された意味を理解していたということか。

朝。山に入る。木山は短パン一枚でスクワットをしていた。いまでも五百回やることがあるらしい。相変わらずの化物《ばけもの》だった。

栗の大木の前に立つ。何度、幹に斧を叩きつけたのか。三島が打つのは一点のみだった。秩父に来てすべて同じやり方で木を倒してきた。大木が相手でもやり方を変えるつもりはない。幹には深い穴が開き、打ちつけた斧が見えなくなる。中心部には達しているのか。あとどれだけ打てばこの木は倒れるのか。

日暮れまで打ち続けたが、木は倒れなかった。斧一本では倒せないのか。深い穴を開けただけで終わるのか。

「あの木を倒すことに願掛けでもしてるのか」

山を下りると木山に言われた。

「ただ倒したいだけですよ」

二人は晩飯を済ませていた。三島はちゃんこの残りを雑炊にし、胃に流し込んだ。

木山が茶碗酒を三島の前に置いた。

「明日帰るんだろう。一杯だけ飲《や》れ」

酒は断っていた。七年も死んでいた男に負けた。満身創痍で、介錯されるためにリングに上がった同期の覚悟に応えてやれなかった。自分への戒めだった。

茶碗酒を一口で呷《あお》った。日本酒かと思ったが、焼酎の生《き》だった。

「負けられねえな」

木山が言った。

「全員が勝っても、おまえが負けたらジャパンの負けだ」

それは甲斐も同じだった。ドームのカードと試合順を決めたのはスターズの運営である。甲斐と不破のシングルはまだ実現していないが、現時点でスターズのトップは甲斐だと運営が判断したことになる。

秩父最後の日は雨だった。

夜明けに起き、斧の刃を砥《と》ぐ。山は霧が立ち込めていた。

栗の大木の前に立つ。斧を構え、無心で打った。

明日の試合のことは考えなかった。甲斐には正面からぶつかっていく。小細工は必要なかった。それが通用する相手でもない。

甲斐には憬《あこが》れるな。若手の頃、先輩に言われた。ジャパンの最高傑作と称される男。誰よりもリング上で輝きを放ち、誰もが羨む天稟《てんびん》を兼ね備えていた。

憬れても甲斐にはなれない。その忠告は響かなかった。自分たちには立花がいた。歩みを止めない同期の背中を追うだけで必死だった。

入門時は横並びのスタートではなかった。

柔道の経験があっただけ、立花と森をリードしていた。デビューしてからも先頭を走っていた。徐々に森の体操で鍛えた柔軟さと、頭を使ったインサイドワークに苦戦するようになったが、立花はあくまで三番手だった。

二年目、甲斐の付け人を命じられた。

甲斐は練習の虫である。毎日、スパーリングの相手を務めた。木山にボロ雑巾にされながら叩き込まれた技術も、甲斐には通用しなかった。徹底的にやられ、自信を打ち砕かれる。そこで腐ることはなかった。甲斐はあまりに巨大な壁だった。

あるとき、甲斐と立花のスパーリングを見た。驚いたことに立花は甲斐に肉薄していた。甲斐は一本も取らせなかったが、時折苛立ちを露わにした。そんな甲斐を見るのははじめてだった。

甲斐はそれから立花をスパーリングに指名するようになった。二人の攻防は回数を重ねるごとに激しさを増した。誰もそこには立ち入れない、二人だけの世界だった。

そのとき気づいた。甲斐と放つ光は違うが、立花も似たものを備えている。それがどういうものかはわからない。ただ、ひとつはっきりしていたのは、それは自分にないものだった。

札幌での立花と一ノ瀬の試合。

週刊リングの寺尾は、一ノ瀬が立花の狂気を引き出したと書いたが、三島の印象は違った。一ノ瀬は立花の世界に引きずり込まれたのだ。この試合で終わってもいいと思わせる快感にも似た昂《たか》ぶり。甲斐の世界が対戦相手だけでなく観客をも手玉に取り、会場全体を支配するものなら、立花は二人だけの世界にしてしまう。一ノ瀬はそれに引きずり込まれ、呑みこまれた。

立花はなぜジャパンに戻ったのか。

ジャパンとの決着《ケリ》はついた。総合格闘技への出陣は意外ではなかった。もともとそのスキルはあった。しかし、立花はプロレスに復帰した。

三人のうち、誰かが引退するまではジャパンを辞めない。

若手の頃に交わした約束を、立花が覚えていると考えるほど若くはない。

立花をジャパンに復帰させたのは、森の仕掛け《アングル》だった。新たに設けた新世界ヘビー級のタイトルに、封印されたはずの世界ヘビー級のベルトを持った立花が難癖をつけ、自分が正統な王者だと噛みつく。どんなアングルも観客に受け容れられなければ意味はない。観客は立花を支持した。その瞬間、昨年末で完結した立花のストーリーの第二幕がはじまった。

雨が激しくなっていた。濡れた服が煩わしく、三島は上半身裸になって斧を振るった。どれだけ打っても木は撥ね返してくる。幹には上半身が入るほどの穴が開いていた。それでも木は倒れない。

十一年前。京都。

二年半の海外修業から帰国した立花と森がシングルで対戦した。フロントの意向を受け、真剣勝負《シュート》を仕掛けた森に、立花は容赦なく反撃した。立花が冷酷に急所を狙い、森を毀《こわ》していく過程をモニターで見ていた。

森は頸椎を毀し、廃業を選んだ。試合中の事故である。立花を責める気はなかった。しかし、立花は覇気をなくした。それが許せなかった。同期を毀し、引退に追いやったことを悔むのなら、その業《ごう》を背負った上で闘うべきだった。

それから、立花は死んだ。

三島は立花の一切を拒絶した。

新田や甲斐の牙城を、三人で越えるはずがひとりで乗り越えなければならなくなった。構わなかった。レスラーは所詮ひとりなのだ。仲間など必要ない。頂点に立つのはひとりで、そのひとりになるには、まわりのすべてを蹴落とさなければならない。

気温が下がったのか、躰から湯気が立ち昇っていた。

何千回打ったのか。何万回なのか。数は関係ない。木はまだ倒れていない。

昨年、死んでいた立花が眼を醒ました。裏切り者のレッテルを貼られ、本隊を相手にしての潰し合いだった。最後の火を燃やし、散ろうとしている。そうとしか思えない、後先を考えていない試合を立花はしていた。

散りたいなら、引導を渡すのは自分しかいなかった。立花は必ず自分のところまで勝ち上がってくる。そう確信した。立花は満身創痍になりながら、潰し合いに生き残った。引導を渡すのは日本武道館。世界ヘビー級を賭けた最高の舞台。かつて背中を追いかけた同期を、この手で終わらせる。

感傷などなかった。ジャパンの突然の解散宣言もどうでもよかった。王者として立花を潰す。同期であろうと兄弟同然の仲であろうと、リングに上がればレスラーとして全力で闘う。しかし、負けた。満身創痍の立花に引導を渡してやることができなかった。意地でも覚悟の差でもない。弱いから負けた。それがすべてだった。

敗戦を引きずった。悔み続けた。解散宣言をしたジャパンは、新たに新田のもとで再始動した。スターズのオファーを蹴り、森とともにジャパンに残ったが、リングに立っても奮い立つものがなかった。佐久間たちは懸命にやっている。森も少ない人員で苦労している。先頭に立つべき立場であることはわかっていたが、リングが色褪せて見えるのはどうしようもなかった。それが一変したのは、立花の復帰だった。もう一度立花と闘いたい。前回の対戦は、立花が自分のところまで勝ち上がってきた。いまは立場が逆転している。立花に挑戦する資格が必要なら、力で勝ち取るまでだった。甲斐戦の勝利は、十分にその資格になる。

木を打ち続ける。自分の裡でなにかが摑める予感があった。集中する。感覚を研ぎ澄ます。打つ。幹を貫いたような感覚があった。

大木に変化はない。打ち続けた。

「音が変わった」

背後に木山と久坂がいた。雨は上がり、辺りは薄暗くなっていた。

斧を振るう。木から撥ね返してくる力が消えた。

幹が軋《きし》む。その音が段々と大きくなる。ゆっくりと木が横に倒れた。

三島は切り株に触れた。断面はきれいではない。長い闘いを物語るように深い傷まみれだった。

「続きは、また来ます」

この木の枝を落とし、切り分けて麓まで運ばなければならない。枝だけでこれまで伐採した木の幹ほどの太さがあった。切り分けるだけでも相当な仕事になる。

「これはこのままでいい」

木山はまだ倒れた大木を見ていた。

「吹っ切れたのか」

「悩んでいるように見えましたか」

「戻るぞ。下りて風呂に入れ。東京に帰るんだろう」

木山が先頭を行く。

闇が濃さを増していく。振り向いたが、倒木はもう見えなかった。

4

パイプ椅子を持った白川にブーイングが向けられた。

白川にとってはホームのリングである。ブーイングが意外だったのか、白川は眼を吊り上げ、観客に毒づいていた。

カード発表はずれ込んだが、東京ドームは超満員の観衆だった。全八試合、すべてがスターズ対ジャパンの全面対抗戦。第一試合から凄まじい盛り上がりを見せていた。

白川がパイプ椅子を手にリング下に戻るが、なかなかリングに入ろうとしない。塚田がリング上で待つ。試合はグラウンドの攻防があっただけだ。インディー界の顔と言われる白川だが、塚田のグラウンドには為す術がなかった。リング下に逃げたものの、鼻と口から出血し、マットに擦りつけた頬は赤く腫れ上がっていた。

サードロープに手をかけた白川が、塚田の動きを見て再び距離をとる。浴びせられるブーイングに、白川が客席に向かって喚《わめ》くが、表情は強張っていた。

ジャパンとの対抗戦に、なぜ白川が選ばれたのかという疑問はある。

塚田がロープに走った。リングに背を向けている白川に、ロープの間から一直線に突っ込む。間一髪で白川がかわし、塚田は頭から鉄柵に激突した。

飛び技は受け止める。暗黙の了解だが、試合は真剣勝負《シュート》だった。決まり事はないのだ。

第一試合の坂本と溝口は白熱した好勝負だった。もともと同じ釜の飯を食った仲間で、互いに手の内は知り尽くしている。仕事《ワーク》と遜色ない試合内容で、最後は坂本が溝口を下した。

うずくまる塚田に、白川がパイプ椅子を叩きつける。衝撃で座面が飛んでも白川は攻撃を止めなかった。まともに行っては勝ち目がないのは本人も承知なのだろう。

白川の攻撃は執拗だった。しかし、急所は狙っていない。リングに戻った白川が、フレームが曲がったパイプ椅子をアピールした。レフェリーは場外カウントを取っている。

「おい、立てよ」

モニターを見ながら佐久間が言う。ジャパンの控室で、第三試合と第四試合に出る篠原と新田は、すでにステージ裏で待機していた。森は腕組みをして黙ってモニターを見ている。立花と倉石は別の控室をあてがわれていた。

場外カウントが十五を超えたところで塚田が立ち上がった。怒りの形相でリングに戻る。白川がリングインの隙を狙うが、塚田の動きが速かった。滑り込み、正面から膝にドロップキックを見舞う。

白川が危険な倒れ方をした。正面から膝への攻撃は禁じ手のひとつである。苦悶の表情で悶絶する白川の顔面に、塚田が容赦なくストンピングを落とす。さらに強引に引き起こし、不十分な体勢のまま強引にフロント・スープレックスで投げた。

佐久間が低く声を上げた。顎を引いて受け身《バンプ》を取るはずが、白川は顔面からマットに落ちたのだ。全体重が首にかかったことになる。さらに攻撃に行こうとする塚田が、白川の髪を摑んで持ち上げる。白川が失神していることに気づいたレフェリーが慌ててゴングを要請した。

終わってみれば危なげない試合だった。白川にも勝機はあった。場外戦の際、塚田を殺す気で急所を狙っていれば結果は違っていたかもしれない。バンプもまずかった。インディーではフロント・スープレックスの遣い手がいなかったのか、素人のような受け方をした。所詮はその程度のレスラーだった。魅せ方は知っていても、強さとは違う。

白川が担架で運ばれて退場し、第三試合がはじまった。周郷対篠原。同世代である。

周郷は倉石の同期だった。年齢は異なるが、倉石の世代は人材が豊富だった。

倉石、佐久間、周郷、篠原、坂本、塚田、溝口、小椋、宇野。

このうちアマレスの実績を持ち、大卒で入団した五人は新田のもとに残り、アマレスの経験を持たない四人はジャパンを去った。

周郷や坂本は、倉石や佐久間との待遇の差を感じていたのか。甲斐について日本プロレスに移籍した小椋と宇野は二軍に落ちていた。現在、スターズの一軍は不破率いるＧＷＡ勢が占めているが、対抗戦に出場するのは、日本プロレスから甲斐、周郷、坂本の三人、ＧＷＡも不破、海老原、金子の三人だった。それに滝澤と白川。

試合は噛み合わなかった。シュートを意識しすぎているのか双方とも慎重で、盛り上がることなくあっさりと終わった。

勝者は周郷。スターズ側の二勝一敗。

佐久間がステージ裏に向かい、控室は森と二人になった。阿部や久坂はセコンドについている。玉木は立花と倉石の控室だろう。

新田が入場する。今日一番の歓声だった。

新田は団体の枠を超越した存在だった。試合を終えた溝口や塚田も新田のセコンドについていた。篠原の姿もある。

「よく決断したな」

モニターを見ながら三島は言った。森が顔を向けてくる。

「対抗戦だ。おまえが唆《そその》したんだろう」

「遅かれ早かれ、スターズとは戦争になった」

敵地とは思えない大歓声を浴びても新田は表情を変えない。

金子がリングに上がる。ＧＷＡでは不破、海老原に続く立ち位置だった。倉石、佐久間世代だが、それ以上は知らない。

新田は横浜には同行していない。それだけに、ドームのカードに新田の名があることに驚いた。スターズとの対抗戦は許可したが、新田の出陣はまずないと見ていた。

「新田さんの参戦は？」

「赤城直々の指名だ」

スタービールの会長で、スターズをつくり、業界再編を成し遂げた男。

「あのじいさんの指名じゃ断れなかったか」

「かなり渋られたが、武道館のためだ」

「対抗戦はこの一戦きりじゃないのか」

「スターズとはな」

森はそれ以上言わなかった。今日の対抗戦の結果で業界に新たな動きが生じるということか。

ゴングが打たれる。

同時に突っ込んでいった金子に、新田のラリアットが一閃した。

金子が後頭部を痛打する。立ってこい。新田がアピールする。金子が立ったが、焦点が合っていなかった。不用意に近づいた金子を、新田がフロントネックロックで捕える。逃れようとした金子だが、不意に脱力した。

レフェリーが試合を止めた。秒殺である。

周郷と篠原の試合で弛んだ空気を一気に引き締めただけでなく、この対抗戦が潰し合いであることを新田は示した。さすがの殺気だった。

「相手じゃないか」

森が呟いた。

新田はシュートであることを最大限に利用した。金子ははじめから呑まれていた。

スタッフが来て、ステージ裏の待機室に向かうよう指示された。

「どこかで山籠もりでもしていたのか」

「秩父でな」

森にはそれで通じたようだった。

控室を出る。森もついてきた。

長い廊下を歩く。ジャパンは伊刈が代表に就任する前年にドーム興行から撤退していた。業界全体が長い冬の時代だった。

待機室に入る。三島は思わず足を止めかけた。立花がいた。

ドアが閉まり、部屋は三人だけになった。

モニターには、滝澤と佐久間の試合が映っていた。立花も森も、黙ってモニターを見ている。三人が揃うのは武道館のリング上以来だった。それより前は思い出せない。

滝澤と佐久間は初対戦だが、息が合っていた。

「こいつ、秩父にいたらしいぞ」

森が口を開いた。

立花が怪訝な顔を向ける。

「秩父の山奥の田舎に、木山さんが住んでる」

「元気にしてるのか」

三島を見て立花が言った。

「元気だ。いまでもスクワットを五百回やる」

「化物だな、相変わらず」

立花と自然に言葉を交わしている自分に驚いた。

「おまえの横浜のマイクアピールのおかげで、俺が思い描いていた形になった」

森が立花に言った。

「この先の展望はどうなってる」

「今日の結果次第だ。対抗戦の勝敗はどうでもいい。甲斐と不破の首が欲しい」

「そのためのシュートなんだろ？」

「去年の年末、俺が道場で言ったことを覚えてるか」

「なんだ」

「スターズはいずれ割れる。そのとき、ジャパンの存在は重要になる」

森が三島を見ながら言った。

「確かに言った」

「一ノ瀬の離脱はそのはじまりだ。今日の結果次第で、さらに大きな動きに繋がるはずだ」

「そうなればいいがな」

ドアがノックされ、男が入ってきた。中矢だった。スターズの運営の一員だが、昨年はフリーとしてジャパンに参戦していた。

「交渉に来た」

中矢は三人の顔が見える位置に立った。キャリアはジャパンでスタートしている。その意味では先輩に当たるが、中矢は早くに退団したため接点はなかった。

「セミとメインだ。寝てくれないか」

「冗談でしょう」

森が言う。立花は中矢を無視してモニターを見ていた。

「借りは返す。武道館を予定してるんだろう。うちから選手を貸す。武道館だけじゃない。巡行《シリーズ》に出してもいい」

「甲斐さんと不破さんは了承してるんですか」

「俺の独断だ。対抗戦だって続ければいい。これだけ客が入ったのに、一度で終わらせる馬鹿な話はない」

「もういい。失せろ」

立花が言った。

「おい、一応おまえらの先輩だぞ」

森が立ち上がった。引退したとはいえ、ヘビー級の体格である。森が近づくと中矢は後退《あとじさ》り、部屋を出て行った。

「武道館というのはなんだ?」

立花が言った。

「十二月二十二日に日本武道館を押さえた」

「オファーがないな」

「年末は総合に出るんだろう」

「問題ない。ダブルヘッダーでも構わんぞ」

「出場する意思はあるということだな」

武道館をジャパン単独でやるなら、それに相応しいカードが必要だった。立花との再戦が森の頭にはあるのか。組まれるのならやる。しかし、立花が総合を控えているとなると話は変わってくる。立花とは双方とも万全の状態でやりたかった。

滝澤と佐久間の試合が終盤に入っていた。互いに技を受け、意地を張り合っている。滝澤は良い選手だった。旧ＡＷＦの出身だが、ジャパンのスタイルに近い。佐久間に合わせているのだとしたら侮れなかった。

最後は、滝澤の連続攻撃に佐久間が沈んだ。

五試合を終えてスターズの三勝二敗。

第六試合。倉石が入場すると、スタッフが立花を呼びに来た。

立花が腰を上げ、世界ヘビーのベルトを持った。

「倉石に番狂わせを期待できるか」

森が声をかけた。倉石の相手は海老原。

「さあな」

「倉石に海老原対策を伝授したもんだと思ったが」

倉石は立花につき、ヒールターンした。それからは移動や宿泊先だけでなく、控室や練習時間も本隊とは別だった。オフの間も、道場で一緒に練習をすることはなかった。

「別に。スパーリングをしていただけだ」

「倉石を唆した責任があるだろう」

「俺が闘うわけじゃない」

立花が背を向けた。

「気張れよ」

思わず声をかけた。立花が足を止め、三島を見た。

「おまえもな」

立花が涼しい顔で言い、ドアが閉まった。

海老原が入場する。ＧＷＡでは不破のライバルとしてしのぎを削り、スターズでも甲斐、不破、一ノ瀬に並ぶビッグネームである。倉石にとっては格上との対戦だった。倉石が落とせば、残り二試合を残してジャパンの敗北が決まる。

「なんでジャパンに残ったんだ？」

モニターを見ながら森が言う。

「なんだ、今更」

「訊いたことがなかったと思ってな」

「おまえはどうなんだ」

「俺は、所属する団体はひとつと決めていた」

森らしい答えだった。見た目に似合わず頑固な性格をしている。

「おまえは？」

「スターズのやり方が気に食わなかった」

「新田さんがジャパンを復活させていなかったらどうしてた」

「上がるリングがなけりゃ、廃業だろう」

「おまえじゃ海外は無理だろうしな」

「黙れ」

倉石が圧されていた。実力差がある。海老原は明らかに世界レベルのレスラーだった。

「あいつはどうしてジャパンに戻ったんだと思う」

森が言う。立花のことだ。

「おまえが引っ張ったんだろう」

「なにもしてない。昨年の暮れに、道場で一度だけ会った。そこで悪役《ヒール》として使うとは言ったがそれきりだ」

「後楽園に現れたのは？」

「予告なしだ」

来場した立花は自分が正統な王者だとアピールし、森を呼び込んで派手に暴れた。裏で話はできているものだと思っていた。

「新世界へビーは、あいつを復活させるための仕掛け《アングル》かと思ったが」

「俺の一方的な誘いだった」

「あいつがそれに乗ったわけか」

森と立花は、阿吽《あうん》の呼吸でプロレスをしていたのだろう。リングの上だけが闘う場所とは限らない。

海老原が怒濤の攻撃を見せる。隙がない。海老原は完成されたレスラーだった。ＡＷＦの分裂以降、一ノ瀬という好敵手を失った不破は、海老原を自らのライバルとして育てた。

海老原のラリアットが炸裂する。倉石が正面から愚直に受けた。海老原がロープに走る。二発目のラリアットに合わせて、倉石が踏み込んだ。相打ちになる。

海老原の膝が崩れた。効いていた。倉石がショートレンジのラリアットを叩きつける。さらにジャーマン。高角度だった。客席からどよめきが起こる。

倉石が畳みかける。海老原の強烈なラリアットがカウンターで入った。倉石の動きが止まる。そこから海老原の攻撃が首に集中した。ペースを握られると、力の差が浮き彫りになる。

海老原の剛腕が、三度倉石の首を刈る。カバーを返すが、倉石は虫の息だった。

ラリアットをアピールした海老原がロープに走る。棒立ちの倉石がかわし、右腕を捕えた。そのまま弧を描くように海老原を倒し、背中にまたがりながら右腕を絞る。腕固め。立花が倉石の右腕を破壊した技だった。

倉石が雄叫びを上げながら、日本人離れした怪力で右腕を絞る。悲鳴と歓声がリングに向けられる。セコンドにつくＧＷＡの選手たちが色めき立っていた。

レフェリーが何度も様子を窺うが、海老原はギブアップしない。倉石がさらに絞り上げる。その瞬間、タオルが投入された。同時にＧＷＡの選手がリングになだれ込む。倉石は押しのけられ、海老原の姿はＧＷＡの選手に囲まれて見えなくなった。

「やりやがった」

啞然とした森が言う。

「三勝三敗の五分だ。勝てるぞ」

「対抗戦の勝敗はどうでもいいんじゃなかったのか」

「戦略的な話だ。個人的な感情は別だ」

タオルで顔を隠した海老原がリングを下りた。

金星を挙げた倉石は落ち着いていた。セコンドがタオルを投入しなければ、倉石は海老原の右腕を折っていただろう。その厳しさは以前の倉石にはなかった。

場内が暗転し、セミファイナルがはじまる。

立花が世界ヘビーのベルトを持って特設花道に現れた。盛り上がりは新田だけでなくホームの海老原をも凌いでいた。

森を毀していなければ、立花はどういう存在になっていたのか。海外では悪役として大成した。その成果を見せることなく立花は中堅として生きる道を選んだ。

立花がリングインして不破を待つ。

「どう見る?」

森が言った。

「グラウンドに引き込んだら立花だろう。スタンドはわからん」

横浜のリングで立花と不破は一度だけ絡んでいる。不破は強烈なエルボーを立花に叩き込み、立花は不破の額を割った。

不破が登場する。天才と称され、十年以上、甲斐とともに業界の頂点に君臨し続ける男。

ドアがノックされる。時間だった。

5

リングの周りをGWAの選手が占拠していた。

立花にセコンドはいない。

ステージ裏にもモニターが用意されていた。眼の前の巨大な壁の向こうに何万人もの観客がいる。

試合はグラウンドの攻防が続いていた。グラウンドは立花有利かと思ったが、不破は五分に対応していた。

暗がりから影が近づいてきたかと思うと、隣にパイプ椅子を広げて座った。甲斐だった。

「向こうのモニターが調子悪くてな」

こともなげに甲斐が言う。

立花が腕を狙うが、不破は巧みに立花をコントロールしていた。

「互いに、探り合ってるな」

「不破さんとは？」

「タッグで一度だけやった。強いぞ」

もつれ合った二人がロープまで転がった。ブレイクがかかる。立ち上がったのは同時だった。

スタンドに移行する。立花の右のローキックがヒットした。効いていないというように不破が足を振り、距離を詰める。強烈なエルボーに、観客がどよめいた。

立花が間合いを取った。反時計回りにリングを動く。

両者が足を止める。リング中央。がっぷり手四つで組み合った。

ともに百九十センチを超える。圧し勝ったのは不破だった。ブレイクがかかる。離れ際の不破のエルボーに立花の顔が歪んだ。不破がロープに振る。堪《こら》えた立花が膝で突き上げ、反対に不破をロープに振った。立花のショルダータックル。不破を倒した立花がロープに走る。不破が跳ね起きた。打点の高いドロップキックをカウンターでぶちこむ。

不破が連続してエルボーを叩き込む。首投げから、後頭部への蹴り。さらにロープに走ってのスライディング式のエルボー。

不破のペースだった。立花の動きが止まる。不破が立花を起こし、両足の間に立花の頭を誘った。パワーボムの体勢。それだけでドームが沸いた。不破のフィニッシュホールドである。

頭上に引っこ抜かれるのを、立花が堪えた。背中にエルボーを落とし、不破が再度ロックする。軽々と立花の躰が持ち上がった。

抱え上げた立花を投げっぱなしで叩きつける。衝撃で立花の躰がバウンドした。

不破が畳みかける。再びパワーボムの体勢から、立花を引っこ抜く。そこからさらにもう一段、立花を持ち上げた。高角度で叩きつける。そのままホールドした。レフェリーのカウントに観客が呼応する。立花が肩を上げ、下からの三角絞めで不破の腕を搦め捕った。

不破が右腕一本で立花を持ち上げた。そのまま左腕で立花の頭を抱える。不破は横から倒れ込むようにして立花を脳天から叩きつけた。

ひやりとする強引な投げだった。もつれ合って倒れたまま、両者とも動きがない。唸り声のような歓声が起こる。立花は三角絞めを解いていなかった。

不破が躰を起こそうとする。セコンドのＧＷＡの選手たちがカメラマンを押しのけ、不破にロープに逃げるよう叫んだ。

不破が至近距離から左のエルボーで側頭部を打つ。威力がなかった。三角絞めは完全ではないが、立花の両足は不破の首を圧迫し続けている。

脱力したように不破が膝をつき、立花に覆いかぶさった。悲鳴と歓声が交錯する。

「肘だな」

甲斐が呟く。三島も、不破が立花の喉に肘を落とすのを見ていた。

立花が弾かれたように三角絞めを解除した。腕十字への移行を狙うが、不破は許さず、マウントからエルボーを叩きつける。

不破が立ち上がった。立花に立つように促す。

鼻から出血した立花が立つ。不破のエルボー。立花の頭が左右に振られ、汗の飛沫が散る。

キックが出せない間合いだった。不破が追い込んでいく。右のエルボー。立花の動きが止まった。さらに右。立花の躰が沈む。左のエルボーは空を切った。立花の躰が伸びあがる。かち上げ式のエルボーが不破の顎にヒットした。

立花がキックの間合いを取る。

左のローから右のミドル。さらに左のミドル。不破の躰が大きく仰け反った。

立花が懐に潜りこむ。バックドロップ。捻りを加えた高角度ではなく、低空だった。しかも速い。不破が後頭部を強打した。

一ノ瀬の得意技に、不破が怒りの形相で立ち上がった。立花のミドルが放たれるが、不破は打たれながらも踏み込み、エルボーを繰り出した。それをかわし、立花が再び低空の高速バックドロップで投げ捨てる。

躰を起こそうとした不破を、立花が捕獲した。袈裟固め。これも一ノ瀬の技だった。観客のボルテージがさらに上がる。

不破が拳で立花を殴る。ロープに近い位置に足があるが、不破はエスケープしなかった。拳をものともせず、立花がさらに絞る。

ＧＷＡの選手が必死の形相でエプロンを叩き、ロープがあることを叫んでいた。

「一ノ瀬の技でロープに逃げたくないんだろうな」

甲斐が言う。

「意地ですか」

「おまえと立花みたいなもんだ」

もがく不破の足が立花の首に届いた。袈裟固めが外れる。立花が先に立った。ミドルとローを叩き込み、一気に不破の懐に入る。引っこ抜いた。捻りを加えた高角度のバックドロップに不破の両足が弧を描く。

叩きつけられた不破がすぐさま立ち上がった。エルボーを返す。左腕で立花の頭を固定し、右だけで連打した。立花の膝が折れる。なおもランニング式のエルボーで立花を弾き飛ばす。

不破がエプロンに出た。立花が立つのと同時にトップロープに飛び乗り、反動を利用して跳ぶ。異様な滞空時間からエルボーを振り抜く。衝撃で立花の躰がコーナーまで飛んだ。

コーナーを目掛けて不破が走る。立花も前に出た。腕に飛びつき、巻き込みながら不破を倒す。腕十字を狙うが、不破は巧みに躰を起こしブロックしていた。それでも腕を離さない立花の顔面に、不破が膝を落とす。

一発で立花の額が割れた。不破が立花の髪を摑み、引き起こす。エルボーの連打。立花は反撃できず、一方的に打たれていた。

終わりが近いと見たのか、甲斐が無言で腰を上げた。

溜めを効かせた一発。立花の顔面から血が飛び、棒立ちになった。パワーボムの体勢。引っこ抜き、一気に叩きつける。投げっぱなしだった。不破はフォールに行かず、レフェリーにカウントを要請した。

テンカウントのノックアウトが適用されている。レフェリーがカウントをはじめる。

ファイブカウントを過ぎたところで立花が躰を起こした。血に染まった顔で立とうとする。不破がロープに走った。ランニング式のエルボーで駄目押しする。

リング下に倉石の姿があった。身を乗り出し、カウント中の攻撃だったことに抗議している。ＧＷＡの選手が倉石を押しのけ、小競り合いがはじまった。

リング下の騒ぎをよそに、不破が立花を立たせた。エルボーが炸裂する。立花が膝を折るが、不破も顔をしかめて右肘を押さえた。

小競り合いが激しさを増していた。ＧＷＡの他の選手も加わり、倉石が揉みくちゃにされている。

そこに佐久間や篠原たちが駆けつけた。ジャパンとＧＷＡの乱闘になる。

リング上では不破の攻撃が続いていた。容赦のないエルボーを打つが、不破が右肘を気にする素振りが増えていた。

乱闘は収拾がつかなかった。若手の阿部や玉木まで加わっている。

立花が膝に手をついた。不破の左右のエルボー。顎から血を滴らせながら、立花が躰を起こす。不破が眼を剝き、右のエルボーを放つ。膝が折れかけた立花が掌で不破を押した。キックの距離。左のミドルを右肘に叩き込む。

不破の動きが止まった。左のミドルから右のロー。不破の体勢が崩れる。さらに右肘目掛けての左のミドル。不破の顔面ががら空きだった。右のハイが側頭部に入る。

立花が不破の右腕を捕った。手首を捻り、肘を極める。それに構わず不破が左腕一本で立花をスリーパーで捕えた。立花が腰を落とし、前方に不破の躰を投げる。

振り向きざま、不破がエルボーを狙う。立花が前に出た。強烈なボディーブローで突き上げ、さらに膝で顎を弾く。

立花が、足の間に不破の頭を挟んだ。脳天杭打ち《パイルドライバー》。体勢はパワーボムと同じだった。相手の上体を頭上まで引っこ抜き、背中から叩きつけるパワーボムに対し、パイルドライバーは足の間に固定した頭を支点にして相手の躰を垂直に立て、脳天から突き刺す。

不破の躰が持ち上がった。しっかりと溜め、脳天から杭を打つように刺す。

顔面を血に染めた立花がさらに行く。捻り式のバックドロップで引っこ抜いてから二発目のパイルドライバー。さらに不破の右腕を背中に回し、肘と手首を極めた状態で、脳天から突き刺した。

カバーに行かず、立花が立つように促す。右肘を押さえる不破に、容赦なくキックをぶちこむ。打ってこい。立花が自分の顔を指す。不破が眼を見開き、躰を起こした。痛めた右のエルボーで打つ。そしてノーガードで今度は自分の右肘を叩く。

互いにノーガードでキックとエルボーを打ち合う。

いつのまにかリング下の乱闘は収まっていた。

骨が鳴るような不破のエルボー。立花の膝が折れた。不破が鬼の形相でエルボーを連打した。なおも左。立花が懐に潜りこんだ。不破の躰が弧を描く。叩きつけられた不破が、叫びながら立ち上がった。立花が跳んでいた。膝が顔面を打ちぬく。

立花がフォールに行く。観客の大合唱とともにカウントが入る。

ゴングが打ち鳴らされた。

6

試合終了と同時に、ジャパンとGWAの選手間でまた小競り合いがはじまった。

周郷や坂本の日本プロレス勢も駆けつけるが、乱闘は収まる気配がない。場内が騒然とするなか、海老原が姿を見せた。

三島が見ていたのはそこまでだった。促され、ステージに上がり入場を待つ。

大音量でテーマ曲が流れる。ステージに出た。ドームを埋める満員の観客。リングまで延びる特設花道。声援が塊になって降り注ぐ。

リングに入り、マットの感触を確かめる。青コーナーに立ち、息を落ち着かせた。ステージの巨大モニターに自分の顔が映っていた。

リング下には佐久間たちがいる。倉石も残っていた。阿部や緒方、付け人の久坂もいる。

赤コーナー側には周郷と坂本。ＧＷＡの選手は引き上げていたが、海老原はそのまま残っていた。

リングアナウンサーが甲斐の入場を告げる。

無数のライトに照らされ、甲斐が現れた。羨むのが馬鹿らしくなるほどにドームの舞台が似合う。ジャパンの絶対王者であり最高傑作。

三島はガウンを脱いだ。一度も越えることを許さないまま、甲斐はジャパンを去った。恨みはした。しかし、また闘う機会を得た。今日ここで決着《ケリ》をつける。そして甲斐越えを果たす。

五万人以上の視線を一身に集めた甲斐がリングインする。

対峙した。三島の視線を甲斐は受け流した。気負いはなかった。真正面から行く。そう決めていた。

ゴング。同時に前に出た。手四つで組む。その瞬間、甲斐が側面に回った。躰が宙に浮き、視界が逆さになる。衝撃。投げられた。頭が追いつかないまま、引き起こされる。甲斐が躰を寄せる。また躰が宙を浮いた。

裏投げ。甲斐の代名詞だった。

引き起こされる。間髪容れずの三発目。阻止しようとする。甲斐の入りが違った。躰が持ち上がり、叩きつけられる。足にきていた。甲斐が腕を捕る。三島は肘を振るった。空を切った。

甲斐が躰を寄せる。また技の入りを変えていた。投げられる。四発目の裏投げ。受け身が取れなかった。甲斐は巧みに投げの入りと角度を変えている。腕を捕られた。手首を極められ、条件反射で立ち上がる。甲斐は指まで極めていた。

五発目の裏投げ。今度は正面からだった。そのままカバーされる。レフェリーのカウント。数がわからないほど意識が飛んでいた。夢中で跳ね返す。

甲斐が休まなかった。腕を捕られ、関節を極められる。勝利だけにこだわるということか。甲斐が躰を寄せてくる。五発ともすべて入りが違う。それでいて百二十キロの躰を連続で完璧に投げてみせる。それが甲斐だった。

六発目。躰が持ち上がる。逆さに急降下する。咄嗟に甲斐の首根っこを捕まえた。落とされながらも抱え込んだ頭は離さなかった。

後頭部から叩きつけられる。一瞬、意識が飛ぶ。しかし、甲斐の頭も串刺しにしていた。甲斐が先に立つ。首を押さえるのを見逃さなかった。両足を抱えられる。抗ったが、うつ伏せにされた。逆エビ固め《ボストンクラブ》。腰を落とし、絞り上げてくる。

投げが効いていた。足腰に力が入らない。甲斐がさらに絞った。手をつき、上体を起こす。堪えるにはそれしかなかった。

佐久間と篠原がエプロンを叩いていた。本隊を裏切った倉石もいる。まだなにもしていない。このまま終わることはできなかった。

両手をつき、前に出る。甲斐が絞る。息が詰まった。脂汗が全身に滲む。意識が途切れそうなほど甲斐は容赦なく絞りあげてくる。

前に出た。まだロープは遠い。息が苦しかった。ギブアップすれば楽になる。しかし、立花との差がさらに開くことになる。

手をついた。前に出る。それでもロープに届かない。腕全体を使い、前に出た。手を伸ばす。指が一本、かろうじてロープに届いた。

ブレイク。足が離される。息を吸う。背中にストンピングが落ちてきた。甲斐が休ませない。躰を回転させて逃れようとする。腹を目掛けて蹴りがきた。

ロープを背に立ち上がった。甲斐の逆水平。躰が浮くほどの衝撃だった。広いドームに、乾いた音が響き渡る。皮膚が裂け、肉が切れるような痛みが全身を駆け巡った。不破の代名詞がエルボーなら、甲斐は逆水平だった。

攻撃は的確で隙がない。逆水平が止まる。誘われるように前に出ていた。裏投げの体勢。七発目。甲斐も体力を消耗しているはずだった。しかし、それを感じさせない。

レフェリーのカウント。肩だけ上げて返すのがやっとだった。

起こされる。逆水平。胸を抉られたような痛みが走る。一発で膝をついていた。さらに腰だめからの一発。倒れ、大の字になった。

エルボーが振ってくる。さらに蹴られ、うつ伏せにされた。フェイスロックで絞り上げられる。左腕は足で捕獲された。

投げも打撃もサブミッションも隙がない。誰が相手だろうと、この男は自分の土俵に上げ料理してしまう。

上半身は動かせない。足でロープを探す。甲斐がロックの位置を変え、絶妙に鼻と口を塞いでくる。もがきながらロープを探した。倉石の声がする。その方向に必死に足を伸ばした。

ブレイクがかかる。

技が解除された。すぐに起こされる。逆水平。思わず躰が仰け反った。左手首を摑まれていた。ただ打つだけではなく、手首の関節を極めることで、相手の躰をコントロールする。

逆水平。痛みが全身を駆け巡る。心が折れそうになる。

甲斐が躰を寄せた。裏投げがくる。夢中で肩で突き飛ばした。手刀を首筋に叩き込む。甲斐の顔が歪んだ。首筋、喉元。連続して手刀を叩き込む。後退した甲斐が反対に踏み込んだ。ショートレンジのラリアット。意識が途切れるような一撃だった。

左手首は摑まれたままだった。反対に引き寄せ、袈裟に渾身の手刀を叩き込む。一瞬、甲斐の動きが止まった。見逃さなかった。ブレーンバスターで担ぎ上げ、垂直に脳天から落とした。

甲斐を引き起こし、二発目を狙う。甲斐の反応の方が速かった。変形の裏投げで返される。フォール。返すのがやっとだった。甲斐の切り返しは一発で形勢逆転する。そんな場面を数えきれないほど見てきた。

八発目の裏投げ。甲斐は容赦がない。髪を摑まれる。膝を起こす。甲斐の荒い息遣いが聞こえた。甲斐も消耗している。

甲斐がロープに走る。ラリアット。三島も踏み込み、腕を突き出した。相打ちになる。

手刀を叩き込む。甲斐も逆水平を返してくる。左の手刀。甲斐の体勢が崩れた。右の袈裟斬り。さらに水平に首筋にぶちこむ。

ブレーンバスター。垂直で落とした。

甲斐の心はまだ折れていない。引き起こす。手刀で首筋を打つ。息が続く限り連打した。一発の重みにこだわる。それが自分のプロレスだった。

甲斐が膝を折る。腹の底から声を上げた。強引に甲斐を起こし、三発目のブレーンバスターを仕掛ける。タイミングを計ったように甲斐が動いた。側面に回る。抱え上げられ、頭から落とされる。化物《ばけもの》だった。まだ投げる余力がある。

引き起こされる。バックからの変形の裏投げ。ジャパン時代も見せたことのない入り方だった。さらに起こされるのがわかった。駄目押しの一発。

途中から意識が飛んでいた。

甲斐のテーマ曲が耳に入った。佐久間と篠原の顔が見える。

負けた。追い込んだと思ったが、甲斐には余力があった。終わってみれば、圧倒的な差だった。

佐久間と篠原が顔を上げ、三島から離れた。甲斐がマイクを持っていた。

「四勝四敗、五分だ」

対抗戦の勝敗はおろか、途中からジャパンを背負っていることも頭になかった。森は対抗戦の結果よりも、甲斐と不破戦の勝利を絶対条件に上げていた。それは果たせなかった。

「対抗戦、これでいいのか。どうなんだ、ジャパン」

三島は躰を起こした。

「決着《ケリ》をつけようぜ。俺はまだやれるぞ。三島、おまえがやるか。立花でもいいぞ」

立花の名に躰が反応した。ここで不破越えを果たした立花に出てこられるわけにはいかない。

甲斐は自分の獲物だった。

「不破はどうだ。もう終わりか。負けたままでいいのか」

佐久間がTシャツを脱ぎ捨て、甲斐の前に立った。倉石も並ぶ。

歓声が上がった。青コーナー側の退場口から立花が出てくる。

甲斐が赤コーナー側の退場口に躰を向ける。自然に客席から不破コールが起こった。

立花がリングエリアに入ってくる。その前に、海老原が立ち塞がった。立花は海老原の前を素通りしてリングに上がってきた。

三島は立ち上がり、立花の前に立った。

「引っ込んでろ」

「指名だ」

立花がコーナーを背にして腰を落とす。血は落としているが、消耗していた。

不破は現れない。海老原がリングに上がった。甲斐がマイクでなにか言いかけたとき、客席の一部から歓声が上がった。不破が歩いてくる。

不破はリングに上がると海老原に近づき、顔を寄せてなにか言った。短いやりとりがあり、海老原がリングを下りた。

「おまえらも下りろ」

コーナーから立花が言った。殺気だった声に、倉石と佐久間がリングを下りた。

リング上が四人だけになった。

「タッグでいいな。九試合目だ。勝った方が、対抗戦の勝利。それでいいか」

甲斐がマイクで言う。

立花が頷くと、甲斐がマイクを投げ捨てた。不破が赤コーナーのエプロンに出る。立花が近づいてきた。

「俺が行く」

「俺の獲物だ」

「ここは譲れ。五分やる。その間に回復しろ」

肩を軽く押された。

「勝つぞ」

「当然だ」

エプロンに出た。スターズ側の先発は甲斐。

特別試合のゴングが打たれる。甲斐と立花が同時に前に出た。

いきなり立花が跳んだ。飛び付き式腕十字。甲斐を搦め捕る。甲斐も反応した。回転して倒れながらも関節は許さない。

グラウンドになる。火花が散る高度な攻防だった。

互いに譲らないまま同時に立つ。甲斐の逆水平。立花の胸板を打つ音がドームに響き渡った。立花がキックを返す。強烈なローに甲斐の膝が折れた。立花が素早く懐に入り、引っこ抜く。高角度のバックドロップで叩きつけられた甲斐がすぐさま立ち上がった。立花を変形の裏投げで頭から落とす。

立花の動きが止まった。甲斐も大の字だった。

「立花」

三島はコーナーから手を伸ばした。立花が顔を上げ、躰を起こす。甲斐も自軍のコーナーに向かっていた。

同時にタッチを交わした。

不破が飛び出てくる。いきなりのランニング式エルボーに弾き飛ばされた。強引に起こされ、左右のエルボーの連打。芯まで響いた。ロープに振られる。打点の高いドロップキック。さらに不破が畳みかけてくる。執拗なエルボーに脳が揺れる。食らい続けるのは危険だった。

不破がコーナーに走る。エプロンの立花が場外に落とされた。鉄柵に背中から突っ込み、その場にうずくまる。立花の消耗が激しかった。

フライングメイヤーから背中への蹴り。さらに、スライディング式のエルボー。不破がリングを立体的に使い、甲斐と交代した。左手首を摑まれ、引き起こされる。逆水平が乾いた音を響かす。甲斐の逆水平は心を折る。胸板は幾筋もの蚯蚓腫《みみずば》れが走り、皮膚が裂けていた。

倒れることを許さず、甲斐が打ってくる。手刀を返すも勢いは止められなかった。

裏投げがくる。全力で阻止した。甲斐がバックに回る。背後からの裏投げ。堪《こら》えた。立花がカットに飛び込んでくる。技が崩れた。

立花とタッチを交わす。立花のキックに甲斐が膝を折る。さらにパイルドライバーを狙う。そのときには不破が走っていた。ランニング式のエルボーが立花の顔面を弾いた。

立花の額の傷が開いた。見る間に顔面が血で染まっていく。

甲斐が不破と代わった。

不破の溜めを効かせたエルボー。崩れた立花にパワーボムを仕掛ける。カットに入る。気づいた不破にエルボーで撃退された。甲斐もリングに入ってきた。強烈なラリアットでなぎ倒される。

不破が改めてパワーボムの体勢に入った。立花の躰が引っこ抜かれ、勢いよく叩きつけられる。そのまま両肩をフォールする。レフェリーのカウント。三つ入る寸前に、立花が仰け反るようにキックアウトした。

甲斐とタッチを交わした不破が、コーナーに戻らずそのまま向かってきた。エルボーに膝が笑う。試合権のある甲斐が、立花に裏投げを仕掛けた。宙を舞った立花が脳天から落とされる。

立花が食らい過ぎていた。顔面が鮮血に染まる立花を無理やり引き起こし、甲斐が二発目に行く。変形の裏投げの衝撃に、立花の躰がくの字に折れた。

勝利を確信した甲斐が、はじめて観客にアピールした。カットに入ろうとする。不破のエルボーが火を噴いた。首をもっていかれそうな威力だった。意識が断続的に飛ぶ。

隙がない。チームワークも相手の方が上だった。プロレス界の頂点に君臨する、百戦錬磨の二人。

甲斐がフィニッシュの裏投げを仕掛ける。

立花が最後のあがきを見せた。頂点に達した位置で甲斐の右腕を搦め捕る。逆さに叩きつけられながらも、立花は腕を離さなかった。下からの腕十字が極まる。

不破の意識が、甲斐に向いた。三島は踏み込み、頭から突っ込んだ。頭突きが顔面に入り、不破の体勢が崩れる。さらに渾身の手刀を叩き込んだ。

甲斐が苦悶の顔で左手を伸ばす。ロープには届かない。右腕は完璧に極まっていた。立花が強引に倒そうとする。すでに危険な角度だった。

血で染まった立花の顔と変わらぬほど甲斐の顔が紅潮した。倒されまいと踏ん張りながら、立花の顔面を蹴る。ノーガードで蹴られながらも立花は腕を離さなかった。

不破が立とうとする。三島は手刀を叩き込んだ。不破が動かなくなるまで連打した。

甲斐が絶叫した。立花の躰が持ち上がる。考えられなかった。どんな人間でも関節を鍛えることはできない。

不破が俊敏に動いた。滑り込みながら、的確に立花の眉間をエルボーで打つ。

立花が弾き飛ばされる。甲斐もニュートラルコーナーに崩れ落ちた。

立花の出血がひどい。立とうとした不破の膝が折れた。足が痙攣している。不破も限界を迎えていた。

血まみれの立花が手を伸ばした。自軍のコーナー前だった。

立花はまだ勝負を捨てていない。

エプロンに出、倒れたまま手を伸ばす立花とタッチを交わした。

「決めろ」

リングに入る。試合権は甲斐。不破が前に塞がった。片足を引きずりながらエルボーを打ってくる。威力がない。袈裟斬りの手刀を返すと、不破は棒のように倒れた。

甲斐がふらつきながらニュートラルコーナーを出てくる。右腕はだらりと下がり、動いていない。

手刀で打つ。感覚でわかった。甲斐も余力がない。ブレーンバスターの体勢に入ると、甲斐が抗った。手刀を入れようとして、息を呑んだ。甲斐の眼。死んでいなかった。

背後から衝撃があった。不破。前につんのめる。甲斐が待ち構えていた。左腕一本の裏投げ。天地が逆さになり、頭から落とされる。

不破に引き起こされた。パワーボムの体勢。

背中の上をなにかが駆け抜けた。不破が大の字に倒れた。

「三島」

立花が叫ぶ。

甲斐の左腕のラリアット。手刀で叩きつけた。立花のトラースキックが甲斐の顎を捕える。ぐらついた甲斐に渾身の手刀をぶちこんだ。

ブレーンバスター。頭上に持ち上げ、静止した。そこから垂直に落とす。

カバーに行く。甲斐が即座に返した。雄叫びを上げながら甲斐が立つ。立花が血をまき散らしながら、高角度のバックドロップで甲斐を引っこ抜いた。

不破はもう動いていない。

最後の垂直落下。脳天から落とし、全体重をかけてフォールに行く。レフェリーのカウント。五万人の観客が呼応する。

最強を体現する同期。

組むのはこれが最後だった。次は闘う。
ゴングが打たれる。拳を突き上げ、腹の底から吼《ほ》えた。

本書は書き下ろしです。

中上竜志（なかがみ・りゅうし）

1978年生まれ。奈良県出身。高校卒業後、様々な職業を経て、2022年『散り花』で第14回日経小説大賞受賞。本作は受賞第一作。

ヒール　悪役

二〇二四年十一月二十二日　第一刷

著者――中上竜志

発行者――中川ヒロミ
発行――株式会社日経ＢＰ
日本経済新聞出版
発売――株式会社日経ＢＰマーケティング
〒一〇五－八三〇八　東京都港区虎ノ門四－三－一二
印刷・錦明印刷
製本・大口製本
本文ＤＴＰ・マーリンクレイン
ISBN978-4-296-12124-3　Printed in Japan